读经典 学养生

中国医药科技出版社

XIAN QING OU JI

闲情偶寄

清—李渔 著

主编 张戬

内容提要

　　《闲情偶寄》是清代李渔的名著，全书共八部，本书选取了与养生相关的"饮馔""颐养"两部。颐养部从行乐、止忧、调饮啜、节色欲、却病、疗病六方面专论养生疗病，饮馔部主要介绍饮食之道，也包含了食养的观念和见解。全书文字清新隽永，叙述娓娓动人，特别适合广大中医爱好者阅读学习。

图书在版编目（CIP）数据

　　闲情偶寄／（清）李渔著；张戬主编. — 北京 :中国医药科技出版社，2017.7
　　（读经典 学养生）
　　ISBN 978-7-5067-9237-0

　　Ⅰ. ①闲…　Ⅱ. ①李…　②张…　Ⅲ. ①杂文集 – 中国 – 清代　Ⅳ. ①I264.9

　　中国版本图书馆CIP数据核字(2017)第080629号

闲情偶寄

美术编辑　陈君杞
版式设计　大隐设计

出版　　中国医药科技出版社
地址　　北京市海淀区文慧园北路甲 22 号
邮编　　100082
电话　　发行：010-62227427　邮购：010-62236938
网址　　www.cmstp.com
规格　　787×1092mm $\frac{1}{32}$
印张　　5
字数　　58 千字
版次　　2017 年 7 月第 1 版
印次　　2017 年 7 月第 1 次印刷
印刷　　北京九天众诚印刷有限公司
经销　　全国各地新华书店
书号　　ISBN 978-7-5067-9237-0
定价　　16.00 元

丛书编委会

出版者的话

中医养生学有着悠久的历史和丰富的内涵，是中华优秀文化的重要组成部分。随着人们物质文化生活水平的不断提高，广大民众越来越重视健康，越来越希望从中医养生文化中汲取对现实有帮助的营养。但中医学知识浩如烟海、博大精深，普通民众不知从何入手。为推广普及中医养生文化，系统挖掘整理中医养生典籍，我社精心策划了这套"读经典 学养生"丛书，从浩瀚的中医古籍中撷取20种有代表性、有影响、有价值的精品，希望能满足广大读者对养生、保健、益寿方面知识的需求和渴望。

为保证丛书质量，本次整理突出了以下特点：①力求原文准确，每种古籍均遴选精善底本，加以严谨校勘，为读者提供准确的原文；②每本书都撰写编写说明，介绍原著作者情况，该书主要内容、阅读价值及其版本情况；③正

1

文按段落注释疑难字词、中医术语和各种文化常识，便于现代读者阅读理解；④每本书都配有精美插图，让读者在愉悦的审美体验中品读中医养生文化。

需要提醒广大读者的是，对古代养生著作中的内容我们也要有去粗取精、去伪存真的辩证认识。"读经典 学养生"丛书涉及大量的调养方剂和食疗方，其主要体现的是作者在当时历史条件下的养生方法，而中医讲究辨证论治、因人而异，因此，读者切不可盲目照搬，一定要咨询医生针对个体情况进行调养。

中医养生文化博大精深，中国医药科技出版社作为中央级专业出版社，愿以丰富的出版资源为普及中医药文化、提高民众健康素养尽一份社会责任，在此过程中，我们也期待读者诸君的帮助和指点。

中国医药科技出版社

2017 年 3 月

总序

养生（又称摄生、道生）一词最早见于《庄子》内篇。所谓生，就是生命、生存、生长之意；所谓养，即保养、调养、培养、补养、护养之意。养生就是根据生命发展的规律，通过养精神、调饮食、练形体、慎房事、适寒温等方法颐养身心、增强体质、预防疾病、保养身体，以达到延年益寿的目的。纵观历史，有很多养生经典著作及专论对于今天学习并普及中医养生知识，提升人民生活质量有着重要作用，值得进一步推广。

中医养生，源远流长，如成书于西汉中后期我国现存最早的医学典籍《黄帝内经》，把养生的理论和方法叫作"养生之道"。又如《素问·上古天真论》云："上古之人，其知道者，法于阴阳，和于术数，食饮有节，起居有常，不妄作劳，故能形与神俱，而尽终其天年，度百岁乃去。"此处的"道"，就是养生之道。

1

需要强调的是，能否健康长寿，不仅在于能否懂得养生之道，更为重要的是能否把养生之道贯彻应用到日常生活中去。

此后，历代养生家根据各自的实践，对于"养生之道"都有着深刻的体会，如唐代孙思邈精通道、佛之学，广集医、道、儒、佛诸家养生之说，并结合自己多年丰富的实践经验，在《千金要方》《千金翼方》两书中记载了大量的养生内容，其中既有"道林养性""房中补益""食养"等道家养生之说，也有"天竺国按摩法"等佛家养生功法。这些不仅丰富了养生内容，也使得诸家传统养生法得以流传于世，在我国养生发展史上，具有承前启后的作用。

宋金元时期，中医养生理论和养生方法日益丰富发展，出现了众多的养生专著，如宋代陈直撰《养老奉亲书》，元代邹铉在此书的基础上继增三卷，更名为《寿亲养老新书》，其特别强调了老年人的起居护理，指出老年之人，体力衰弱，动作多有不便，故对其起居作息、行动坐卧，都须合理安排，应当处处为老人提供便利条件，细心护养。在药物调治方面，老年人气色已衰，精神减耗，所以不能像对待年轻人那样施用峻猛方药。其他诸如周守忠的《养生类纂》、李鹏飞的《三元参赞延寿书》、王珪的《泰定养生主论》等，也均为养生学的发展做出了不同程度的贡献。

明清之际，先后出现了很多著名养生学家和专著，进一步丰富和完善了中医养生学的内容，如明代高濂的《遵生八笺》从气功角度提出了养心坐功法、养肝坐功法、养脾坐功法、养肺坐功法、养肾坐功法，又对心神调养、四时调摄、起居安乐、饮馔服食及药物保健等方面做了详细论述，极大丰富了调养五脏学说。清代尤乘在总结前人经验的基础上编著《寿世青编》一书，在调神、饮食、保精等方面提出了养心说、养肝说、养脾说、养肺说、养肾说，为五脏调养的完善做出了一定贡献。在这一时期，中医养生保健专著的撰辑和出版是养生学史的鼎盛时期，全面地发展了养生方法，使其更加具体实用。

综上所述，在中医理论指导下，先哲们的养生之道在静神、动形、固精、调气、食养及药饵等方面各有侧重，各有所长，从不同角度阐述了养生理论和方法，丰富了养生学的内容，强调形神共养、协调阴阳、顺应自然、饮食调养、谨慎起居、和调脏腑、通畅经络、节欲保精、益气调息、动静适宜等，使养生活动有章可循、有法可依。例如，饮食养生强调食养、食节、食忌、食禁等；药物保健则注意药养、药治、药忌、药禁等；传统的运动养生更是功种繁多，如动功有太极拳、八段锦、易筋经、五禽戏、保健功等，静功有放松功、内养功、强壮功、意气功、真气运行法等，动静结合功有空劲功、形神桩等。无论选学哪种功法，只要练功得法，持之以恒，都可收到健身防病、益寿延年之效。针灸、按摩、推拿、拔火罐等，也都方便易行，效果显著。诸如此类的方法不仅深受我国人民喜爱，而且远传世界各地，为全人类的保健事业做出了应有的贡献。

　　本套丛书选取了中医药学发展史上著名的养生专论或专著，加以句读和注解，其中节选的有《黄帝内经》《备急千金要方》《千金翼方》《闲情偶寄》《遵生八笺》《福寿丹书》，全选的有《摄生消息论》《修龄要指》《摄生三要》《老老恒言》《寿亲养老新书》《养生类要》《养生类纂》《养生秘旨》《养性延命录》《饮食须知》《寿世青编》《养生三要》《寿世传真》《食疗本草》。可以说，以上这些著作基本覆盖了中医养生学的内容，通过阅读，读者可以在品味古人养生精华的同时，培养适合自己的养生理念与方法。

当然，由于这些古代著作成书年代所限，其中难免有些糟粕或者不合时宜之处，还望读者甄别并正确对待。

翟双庆

2017 年 3 月

编写说明

　　李渔(1610～1680)，原名仙侣，字谪凡，改名渔，字笠鸿，后字笠翁，别署笠道人、随庵主人、新亭樵客、湖上笠翁、觉世稗官等，又人称"李十郎"。原籍浙江兰溪(今属金华市)，生于江苏雉皋(今如皋县)。明末清初文学家、戏剧家、戏曲理论家、生活艺术家。出生于富裕的药商家庭，明崇祯时屡应试不中，入清后不复应考。清兵入浙后，家道衰落，辗转金华、杭州、金陵(南京)等地。在杭州十年，卖文为生，创作大量短篇小说和戏剧。在金陵，居芥子园，为维持一家几十口生计，李渔一边凭生活才艺在权贵中"打秋风"，一边继续进行小说和戏曲的创作，并组织家庭戏班进行排演。得乔姬、王姬两位台柱后，李家班声名鹊起，应邀在大江南北进行演出。成立芥子园书铺，

1

刊印销售自己的作品及通俗文学作品、《芥子园画传》等。在此期间，生活较为优越，广交朋友，买姬纳妾，50岁老来得子，竟至生有七子。后乔、王二姬相继病亡，李渔境况较前困窘，六十七岁迁回杭州，历四年卒。

李渔闻名于世，但毁誉不一。著有传奇剧本集《笠翁十种曲》、长篇小说《回文锦》、短篇小说集《无声戏》《十二楼》、诗文集《笠翁一家言》等。

出版于康熙十年（1671）的《闲情偶寄》是部杂著性质的作品，可谓李渔一生艺术与生活经验的结晶。《闲情偶寄》分为词曲、演习、声容、居室、器玩、饮馔、种植、颐养八部，共有234个小题。其中词曲、演习、声容三部与戏剧有关，抽离出来可谓中国古代第一部戏剧理论专著。而后五部主要谈娱乐养生之道和生活美学，全景式地提供了十七世纪中国人日常生活和世俗风情的图像，表现了作者广泛的艺术领悟力和无限的生活情趣，被林语堂称为"一部讨论生活艺术的书"。

编者在本次整理中只选取了与养生相关的

"饮馔"和"颐养"两部。《颐养部》从行乐、止忧、调饮啜、节色欲、却病、疗病六个方面专论养生疗病；《饮馔部》虽专力于谈饮食，但也包含了"食养"的观念与见解。总的来讲，本书反映了李渔首重情志、次重饮食、再重作息，而三者又皆须合乎四季、本乎天然，乐而有节的养生思想。

《颐养部》中以"行乐"为第一，阐述最详。对富贵贫贱、居家旅途、春夏秋冬，坐卧行立，乃至各种情趣爱好的行乐之法皆有分述，又无一不以舒心快乐为追求。而求乐的终极法宝，是"退一步"看待身处的境遇，知足常乐。其实质便是养心，保持情志的健康。"疗病"的"本性酷好之药""一心钟爱之药""素常乐为之药"等亦无非"愉心"二字而已。

在饮食上，李渔也强调尊爱好，合情志。前者如主张"爱食者多食""怕食者少食"，乃至以嗜好的杨梅疗病；后者如提醒"怒时哀时勿食""倦时闷时勿食"等。此外，"谓饮食之道，脍不如肉，肉不如蔬，亦以其渐近自然也。"而食材百味，最重当令之"鲜"，也统一于"合乎四季、本乎天然"的养生观。

李渔认为性爱本乎天然，因此从不讳言，但要乐而有节，因此结合情志、饥饱、作息、季节等因素详细地阐述了为何及如何节制色欲。

本书体现的养生观与养生法既本于传统，又不乏独创，既保有深厚的文化底蕴，又源于生活，易于实践。是一部值得阅读与学习的养生学经典之作。

本书采用了《续修四库全书》本《闲情偶寄》（即清康熙刻本）为底本，以目前出版的多种版本为参校本进行校对，并加以注释，努力接近原貌，以飨读者。惜学识有限，舛漏之处，还望海涵与赐教。

编者
2017 年 2 月

目录

3

饮馔部

读经典学养生

闲情偶寄

XIAN
QING
OU JI

饮馔部

吾观人之一身，眼、耳、鼻、舌、手足、躯骸，件件都不可少。其尽可不设而必欲赋①之，遂为万古生人之累者，独是口腹二物。口腹具而生计繁矣，生计繁而诈伪奸险之事出矣，诈伪奸险之事出，而五刑不得不设。君不能施其爱育，亲不能遂其恩私，造物好生，而亦不能不逆行其志者，皆当日赋形不善，多此二物之累也。草木无口腹，未尝不生；山石土壤无饮食，未闻不长养。何事独异其形，而赋以口腹？即生口腹，亦当使如鱼虾之饮水，蜩螗②之吸露，尽可滋生气力，而为潜跃飞鸣。若是，则可与世无求，而生人之患熄矣。乃既生以口腹，又复多其嗜欲，使如溪壑之不可厌③；多其嗜欲，又复洞其底里，使如江海之不可填。以致人之一生，竭五官百骸之力，供一物之所耗而不足哉！吾反复推详，不能不于造物是咎。亦知造物于此，未尝不自悔其非，但以制定难移，只得终遂其过。甚矣，作法慎初，不可草草定制。

注

①赋：赋予，给与。此处指造物主赋予人口腹二物。
②蜩螗：蝉的别名。

③厌：满足，此句指欲壑难填。

　　吾辑是编而谬及饮馔，亦是可已不已之事。其止崇俭啬，不导奢靡者，因不得已而为造物饰非，亦当虑始计终，而为庶物弭患①。如逞一己之聪明，导千万人之嗜欲，则匪特禽兽昆虫无噍类②，吾虑风气所开，日甚一日，焉知不有易牙③复出，烹子求荣，杀婴儿以媚权奸，如亡隋故事者哉④！一误岂堪再误，吾不敢不以赋形造物视作覆车⑤。

注

①庶物：众物，万物。　弭：止息

②无噍（jiào）类：一无存活。噍：咀嚼，吃。噍类：吃东西的动物。

③易牙：春秋时齐桓公宠臣，长于调味，善逢迎，传说曾烹其子为羹以献桓公。

④"杀婴儿"句：指隋炀帝时期有奸人将偷来的小孩烹熟献给开河督都护麻叔谋食用之事。此事不见于正史记载，属民间传说。

⑤覆车：比喻失败的教训。

声音之道，丝不如竹，竹不如肉，为其渐近自然。吾谓饮食之道，脍不如肉，肉不如蔬，亦以其渐近自然也。草衣木食，上古之风，人能疏远肥腻，食蔬蕨而甘之，腹中菜园，不使羊来踏破[1]，是犹作羲皇之民，鼓唐虞之腹[2]，与崇尚古玩同一致也。所怪于世者，弃美名不居，而故异端其说，谓佛法如是，是则谬矣。吾辑《饮馔》一卷，后肉食而首蔬菜，一以崇俭，一以复古；至重宰割而惜生命，又其念兹在兹，而不忍或忘者矣。

① "腹中菜园"句：意为不使腹中蔬菜混入肉腥。隋代侯白《启颜录》"有人常食蔬茹，忽食羊肉，梦五藏神曰：'羊踏破菜园。'"
② "犹作"句：指食饮近自然，即如上古先民的淳朴生活。羲皇，伏羲，三皇之一。唐虞：唐尧和虞舜，五帝中的两位。

蔬食第一

饮馔部

读经典 学养生

闲情偶寄

XIAN
QING
OU
JI

饮馔部

蔬食第一

笋

论蔬食之美者，曰清，曰洁，曰芳馥，曰松脆而已矣。不知其至美所在，能居肉食之上者，只在一字之鲜。《记》曰："甘受和，白受采。[①]"鲜即甘之所从出也。此种供奉，惟山僧野老躬治园圃者，得以有之，城市之人向卖菜佣求活者，不得与焉。然他种蔬食，不论城市山林，凡宅旁有圃者，旋摘旋烹，亦能时有其乐。至于笋之一物，则断断宜在山林，城市所产者，任尔芳鲜，终是笋之剩义。此蔬食中第一品也，肥羊嫩豕，何足比肩。但将笋肉齐烹，合盛一簋②，人止食笋而遗肉，则肉为鱼而笋为熊掌可知矣。购于市者且然，况山中之旋掘③者乎？

注

①甘受和，白受采：出自《礼记》，意为甘美的的东西容易调味，洁白的东西容易着色。

②簋（guǐ）：古代祭祀宴享时盛黍稷的器皿。一般为圆腹，侈口，圈足。

③旋掘：随即挖出。

食笋之法多端，不能悉纪，请以两言概之，曰："素宜白水，荤用肥猪。"茹斋者食笋，若以他物伴之，香油和之，则陈味夺鲜，而笋之真趣没矣。白煮俟熟，略加酱油，从来至美之物，皆利于孤行①，此类是也。以之伴荤，则牛羊鸡鸭等物皆非所宜，独宜于豕②，又独宜于肥。肥非欲其腻也，肉之肥者能甘，甘味入笋，则不见其甘，但觉其鲜之至也。烹之既熟，肥肉尽当去之，即汁亦不宜多存，存其半而益以清汤。调和之物，惟醋与酒。此制荤笋之大凡也。

①孤行：此处指单独烹饪。

②豕（shǐ）：猪。

笋之为物，不止孤行并用各见其美，凡食物中无论荤素，皆当用作调和。菜中之笋与药中之甘草，同是必需之物，有此则诸味皆鲜，但不当用其渣滓，而用其精液。庖人①之善治具②者，凡有焯笋之汤，悉留不去，每作一馔，必以和之，食者但知他物之鲜，而不知有所以鲜之者在也。《本草》中所载诸食物，益人者不尽可口，可口者未必益人，求能两擅其长者，莫过于此。东坡云："宁可食无肉，不可居无竹。无肉令人瘦，无竹令人俗。"不知能医俗者，亦能医瘦，但有已成竹、未成竹之分耳。

①庖（páo）人：厨师。

②治具：备办酒食。

蕈①

求至鲜至美之物于笋之外，其惟蕈乎？蕈之为物也，无根无蒂，忽然而生，盖山川草木之气，结而成形者也，然有形而无体。凡物有体者必有渣滓，既无渣滓，是无体也。无体之物，犹未离乎气也。食此物者，犹吸山川草木之气，未有无益于人者也。其有毒而能杀人者，《本草》云以蛇虫行之故。予曰：不然。蕈大几何，蛇虫能行其上？况又极弱极脆而不能载乎？盖地之下有蛇虫，蕈生其上，适为毒气所钟②，故能害人。毒气所钟者能害人，则为清虚之气③所钟者，其能益人可知矣。世人辨之原有法，苟非有毒，食之最宜。此物素食固佳，伴以少许荤食尤佳，盖蕈之清香有限，而汁之鲜味无穷。

注

①蕈（xùn）：长在林木草地中的食用菌类。
②钟：聚集。
③清虚之气：指天地间的精华物质。

莼①

　　陆之蓴，水之莼，皆清虚妙物也。予尝以二物作羹，和以蟹之黄，鱼之肋，名曰"四美羹"。座客食而甘之，曰："今而后，无下箸②处矣！"

注

①莼：又称"莼菜""水葵"，水生宿根草本植物，春夏采的嫩叶可做"莼羹"，味鲜美。
②箸（zhù）：筷子。

　　莼：又称"莼菜""水葵"，水生宿根草本植物，春夏采的嫩叶可做"莼羹"，味鲜美。①

注

①此句衍。

读经典　学养生

闲情偶寄

XIAN
QING
OU
JI

饮馔部

蔬食第一

菜

世人制菜之法，可称百怪千奇，自新鲜以至于腌糟酱腊，无一不曲尽奇能，务求至美，独于起根发轫①之事缺焉不讲，予甚惑之。其事维何？有八字诀云："摘之务鲜，洗之务净。"务鲜之论，已悉前篇。蔬食之最净者，曰笋，曰蕈，曰豆芽；其最秽者，则莫如家种之菜。灌肥之际，必连根带叶而浇之；随浇随摘，随摘随食，其间清浊，多有不可问者。洗菜之人，不过浸入水中，左右数漉②，其事毕矣。孰知污秽之湿者可去，干者难去，日积月累之粪，岂顷刻数漉之所能尽哉？故洗菜务得其法，并须务得其人。以懒人、性急之人洗菜，犹之乎弗洗也。洗菜之法，入水宜久，久则干者浸透而易去；洗叶用刷，刷则高低曲折处皆可到，始能涤尽无遗。若是，则菜之本质净矣。本质净而后可加作料，可尽人工，不然，是先以污秽作调和，虽有百和之香，能敌一星③之臭乎？噫，富室大家食指繁盛者，欲保其不食污秽，难矣哉！

①发轫：指事情刚开始。轫，车闸；发轫，拉开车闸，车开始运行。

②漉：过滤。

③一星：一点儿。

　　菜类甚多，其杰出者则数黄芽①。此菜萃于京师，而产于安肃②，谓之"安肃菜"，此第一品也。每株大者可数斤，食之可忘肉味。不得已而思其次，其惟白下③之水芹乎！予自移居白门④，每食菜、食葡萄，辄思都门⑤；食笋、食鸡豆，辄思武陵⑥。物之美者，犹令人每食不忘，况为适馆授餐⑦之人乎？

①黄芽：大白菜的一种。清富察敦崇《燕京岁时记·大白菜》记载："按《广群芳谱》，白菜，名菘，北方多入窖内，不见风日。长出苗叶，皆嫩黄色，脆美无比，谓之黄芽，乃白菜别种。"

②安肃：明代县名，治所在今河北徐水县。

③白下：南京的别称。

④白门：南京的别称。

⑤都门：借指京都，此指北京。

⑥武陵：古代县名，治所在今之湖南常德市。

⑦适馆授餐：指送衣馈食。语出《诗经·郑风·缁衣》：
"缁衣之宜兮，敝，予又改为兮。适子之馆兮，还，
予授子之粲兮。"

　　菜有色相最奇，而为《本草》《食物志》
诸书之所不载者，则西秦所产之头发菜是也。
予为秦客，传食于塞上诸侯。一日脂车①将发，
见炕上有物，俨然乱发一卷，谬谓婢子栉②发
所遗，将欲委③之而去。婢子曰："不然，群
公所饷之物也。"询之土人，知为头发菜。浸
以滚水，拌以姜醋，其可口倍于藕丝、鹿角等
菜。携归饷客，无不奇之，谓珍错④中所未见。
此物产于河西，为值甚贱，凡适秦者皆争购异物，
因其贱也而忽之，故此物不至通都，见者绝少。
由是观之，四方贱物之中，其可贵者不知凡几，
焉得人人物色之？发菜之得至江南，亦千载一
时之至幸也。

注

①脂车：油涂车轴，以利运转。借指驾车出行。

②栉（zhì）发：梳理头发。

③委：丢弃。

④珍错："山珍海错"的省称，泛指珍异食品。

瓜 茄 瓠① 芋 山药

　　瓜、茄、瓠、芋诸物，菜之结而为实者也。实则不止当菜，兼作饭矣。增一簋菜，可省数合②粮者，诸物是也。一事两用，何俭如之？贫家购此，同于籴③粟。但食之各有其法：煮冬瓜、丝瓜忌太生，煮王瓜④、甜瓜忌太熟；煮茄、瓠利用酱醋，而不宜于盐；煮芋不可无物伴之，盖芋之本身无味，借他物以成其味者也；山药则孤行并用，无所不宜，并油盐酱醋不设，亦能自呈其美，乃蔬食中之通材也。

① 瓠：即瓠瓜，也称葫子、瓠子、夜开花。实圆长，首尾粗细略略同，可食。

②合（gě）：量词，一升的十分之一。

③籴（dí）：买进谷物。

④王瓜：黄瓜的别称。

葱　蒜　韭

　　葱、蒜、韭三物，菜味之至重者也。菜能芬人齿颊者，香椿头是也；菜能秽人齿颊及肠胃者，葱、蒜、韭是也。椿头明知其香，而食者颇少，葱、蒜、韭尽识其臭，而嗜之者众，其故何欤？以椿头之味虽香而淡，不若葱、蒜、韭之气甚而浓。浓则为时所争尚，甘受其秽而不辞；淡则为世所共遗，自荐其香而弗受。吾于饮食一道，悟善身处世之难。一生绝三物不食，亦未尝多食香椿，殆所谓"夷、惠之间"①者乎？

　　予待三物有差。蒜则永禁弗食；葱虽弗食，然亦听②作调和；韭则禁其终而不禁其始，芽之初发，非特不臭，且具清香，是其孩提之心之未变也。

①夷、惠之间：不做伯夷也不学柳下惠，比喻折衷而不偏激。此处指既不吃葱、蒜、韭，也不吃香椿。出自汉扬雄《法言·渊骞》。夷，伯夷。惠，柳下惠。二人同为古代贤士。

②听：接受。

萝卜

生萝卜切丝作小菜，伴以醋及他物，用之下粥最宜。但恨其食后打嗳[1]，嗳必秽气。予尝受此厄于人，知人之厌我，亦若是也，故亦欲绝而弗食。然见此物大异葱蒜，生则臭，熟则不臭，是与初见似小人，而卒[2]为君子者等也。虽有微过，亦当恕之，仍食勿禁。

注

[1]打嗳：打嗝。

[2]卒：最后。

芥辣汁

菜有具姜桂之性者乎? 曰：有，辣芥是也。制辣汁之芥子，陈者绝佳，所谓愈老愈辣是也。以此拌物，无物不佳。食之者如遇正人，如闻谠论[1]，困者为之起倦，闷者以之豁襟[2]，食中之爽味也。予每食必备，窃比于夫子之不撤姜[3]也。

读经典 学养生
闲情偶寄

XIAN
QING
OU
JI

饮馔部

蔬食第一

15

饮馔部

蔬食第一

①谠论：直言。

②豁襟：开怀。

③夫子之不撤姜：孔子有"不撤姜食"之语，见《论语·乡党》。

谷食第二

读经典 学养生
闲情偶寄

XIAN
QING
OU
JI

饮馔部

谷食第二

　　食之养人，全赖五谷。使天止生五谷而不产他物，则人身之肥而寿也，较此必有过焉，保无疾病相煎、寿夭不齐之患矣。试观鸟之啄粟，鱼之饮水，皆止靠一物为生，未闻于一物之外，又有为之肴馔酒浆、诸饮杂食者也。乃禽鱼之死，皆死于人，未闻有疾病而死，及天年自尽而死者，是止食一物，乃长生久视之道也。人则不幸而为精腆①所误，多食一物，多受一物之损伤，少静一时，少安一时之淡泊。其疾病之生，死亡之速，皆饮食太繁，嗜欲过度之所致也。此

17

非人之自误，天误之耳。天地生物之初，亦不料其如是，原欲利人口腹，孰意利之反以害之哉！然则人欲自爱其生者，即不能止食一物，亦当稍存其意，而以一物为君②。使酒肉虽多，不胜食气③，即使为害，当亦不甚烈耳。

注

①精腆：精美丰盛。

②君：指主食。

③酒肉虽多，不胜食气：孔子有"肉虽多，不使胜食气"之语，见《论语·乡党》。

饭　粥

　　粥饭二物，为家常日用之需，其中机彀①，无人不晓，焉用越俎②者强为致词？然有吃紧③二语，巧妇知之而不能言者，不妨代为喝破，使姑④传之媳，母传之女，以两言代千百言，亦简便利人之事也。先就粗者言之。饭之大病，在内生外熟，非烂即焦；粥之大病，在上清下淀，如糊如膏。此火候不均之故，惟最拙最笨者有之，稍能炊爨⑤者必无是事。然亦有刚柔合道，燥湿得宜，而令人咀之嚼之，有粥饭之美形，无饮食之至味者。其病何在？曰：挹⑥水无度，增减不常⑦之为害也。其吃紧二语，则曰："粥水忌增，饭水忌减。"米用几何，则水用几何，宜有一定之度数。如医人用药，水一钟或钟半，煎至七分或八分，皆有定数。若以意为增减，则非药味不出，即药性不存，而服之无效矣。不善执爨者，用水不均，煮粥常患其少，煮饭常苦其多。多则逼而去之，少则增而入之，不知米之精液全在于水，逼去饭汤者，非去饭汤，去饭之精液也。精液去则饭为渣滓，食之尚有味乎？粥之既熟，水米成交，犹米之酿而为酒矣。虑其太厚而入之以水，非入水于粥，犹入水于酒也。水入而酒成糟粕，其味尚可咀乎？故善主中馈⑧者，挹水时必限以数，使其勺不能增，滴无可减，再加以火候调匀，则其为粥为饭，不求异而异乎人矣。

注

①机彀：奥妙，道理。

②越俎（zǔ）："越俎代庖"的简称。此指自己并

19

非厨师而代替厨师发表意见。

③吃紧：重要的。

④姑：婆母。

⑤爨（cuàn）：烧火煮饭。

⑥挹（yì）：以瓢舀取。

⑦不常：无一定之规。

⑧中馈：指家中供膳诸事。馈，烹调饮食之事。

　　宴客者有时用饭，必较家常所食者稍精。精用何法？曰：使之有香而已矣。予尝授意小妇①，预设花露一盏，俟②饭之初熟而浇之，浇过稍闭，拌匀而后入碗。食者归功于谷米，诧为异种而讯之，不知其为寻常五谷也。此法秘之已久，今始告人。行此法者，不必满釜浇遍，遍则费露甚多，而此法不行于世矣。止以一盏浇一隅，足供佳客所需而止。露以蔷薇、香橼、桂花三种为上，勿用玫瑰，以玫瑰之香，食者易辨，知非谷性所有。蔷薇、香橼、桂花三种，与谷性之香者相若，使人难辨，故用之。

注

①小妇：妾。

20　②俟：等待。

汤

汤即羹之别名也。羹之为名，雅而近古；不曰羹而曰汤者，虑人古雅其名，而即郑重其实，似专为宴客而设者。然不知羹之为物，与饭相俱者也。有饭即应有羹，无羹则饭不能下，设羹以下饭，乃图省俭之法，非尚奢靡之法也。古人饮酒，即有下酒之物；食饭，即有下饭之物。世俗改下饭为"厦饭"，谬矣。前人以读史为下酒物①，岂下酒之"下"，亦从"厦"乎？"下饭"二字，人谓指肴馔②而言，予曰：不然。肴馔乃滞饭之具，非下饭之具也。食饭之人见美馔在前，匕③箸迟疑而不下，非滞饭之具而何？饭犹舟出，羹犹水也；舟之在滩，非水不下，与饭之在喉，非汤不下，其势一也。且养生之法，食贵能消；饭得羹而即消，其理易见。故善养生者，吃饭不可不羹；善作家④者，吃饭亦不可无羹。宴客而为省馔计者，不可无羹；即宴客而欲其果腹始去，一馔不留者，亦不可无羹。何也？羹能下饭，亦能下馔故也。近来吴越张筵，每馔必注以汤，大得此法。吾谓家常自膳，

21

亦莫妙于此。宁可食无馔，不可饭无汤。有汤下饭，即小菜不设，亦可使哺啜如流；无汤下饭，即美味盈前，亦有时食不下咽。予以一赤贫之士，而养半百口之家，有饥时而无馑⑤日者，遵是道也。

注

①"前人"句：指北宋诗人苏舜钦读《汉书》下酒之事。见《龙文鞭影》）。

②肴馔：此特指菜肴，与主食汤羹相对。

③匕：古代取食的用具，曲柄浅斗，状类后代的羹匙。

④作家：持家节俭，犹言做人家。

⑤馑：通"殣"，饿死。

糕　饼

谷食之有糕饼，犹肉食之有脯脍①。《鲁论》②云："食不厌精，脍不厌细。"制糕饼者于此二句，当兼而有之。食之精者，米麦是也；脍之细者，粉面是也。精细兼长，始可论及工拙。求工之法，坊刻③所载甚详，予使拾而言之，以作制饼制糕之印板，则观者必大笑曰："笠翁不拾唾余，今于饮食之中，现增一副依样葫芦矣！"冯妇下车④，请戒其始。只用二语括之，曰："糕贵乎松，饼利于薄。"

注

①脯：干肉。脍：细切的鱼或肉。

②《鲁论》：即《论语》的鲁人传本。

③坊刻：坊间所刊刻的书籍。

④冯妇下车：比喻重操旧业的人。冯妇，古男子名，善搏虎。《孟子·尽心下》："晋人有冯者，善搏虎，卒为善士。则之野，有从逐虎。虎负嵎，莫之敢撄。望见冯妇，趋而迎之。冯妇攘臂而下车，众皆悦之，其为士者笑之。"

面

南人饭①米，北人饭面，常也。《本草》云："米能养脾，麦能补心。"各有所裨②于人者也。然使竟日穷年止食一物，亦何其胶柱③口腹，而不肯兼爱心脾乎？予南人而北相，性之刚直似之，食之强横亦似之。一日三餐，二米一面，

23

是酌南北之中，而善处心脾之道也。但其食面之法，小异于北，而且大异于南。北人食面多作饼④，予喜条分而缕晰之，南人之所谓"切面"是也。南人食切面，其油盐酱醋等作料，皆下于面汤之中，汤有味而面无味，是人之所重者不在面而在汤，与未尝食面等也。予则不然，以调和诸物，尽归于面，面具五味而汤独清，如此方是食面，非饮汤也。

① 饭：指以……为主食。

② 裨（bì）：裨益，有好处。

③ 胶柱：胶住瑟上的弦柱，以致不能调节音的高低。比喻固执拘泥，不知变通。

④ 饼：此处指面条。

　　所制面有二种，一曰"五香面"，一曰"八珍面"。五香膳己①，八珍饷客，略分丰俭于其间。五香者何？酱也，醋也，椒末也，芝麻屑也，焯笋或煮蕈煮虾之鲜汁也。先以椒末、芝麻屑二物拌入面中，后以酱醋及鲜汁三物和为一处，即充拌面之水，勿再用水。拌宜极匀，擀宜极薄，切宜极细，然后以滚水下之，则精粹之物尽在面中，尽勾②咀嚼，不似寻常吃面者，面则直吞下肚，而止咀咂其汤也。八珍者何？鸡、鱼、虾三物之肉，晒使极干，与鲜笋、香蕈、芝麻、花椒四物，共成极细之末，和入面中，与鲜汁共为八种。酱醋亦用，而不列数内者，以家常日用之物，不得名之以珍也。鸡鱼之肉，务取极精，稍带肥腻者弗用，以面性见油即散，擀不成片，切不成丝故也。但观制饼饵③者，欲其松而不实，即拌以油，则面之为性可知已。鲜汁不用煮肉之汤，而用笋、蕈、虾汁者，亦以忌油故耳。所用之肉，鸡、鱼、虾三者之中，惟虾最便，屑米为面，势如反掌，多存其末，以备不时之需；即膳己之五香，亦未尝不可六也。拌面之汁，加鸡蛋青④一二盏更宜，此物不列于前而附于后，以世人知用者多，列之又同剿⑤袭耳。

①膳己：指给自己吃。

②勾（gòu）：同"够"。

③饵：此处指糕饼。

④青：通"清"。

⑤剿（chāo）：抄取。

粉

粉之名目甚多，其常有而适于用者，则惟藕、葛、蕨、绿豆四种。藕、葛二物，不用下锅，调以滚水，即能变生成熟。昔人云："有仓卒①客，无仓卒主人。"欲为不仓卒主人，则请多储二物。且卒急救饥，亦莫善于此。驾舟车行远路者，此是糇②粮中首善之物。粉食之耐咀嚼者，蕨为上，绿豆次之。欲绿豆粉之耐嚼，当稍以蕨粉和之。凡物入口而不能即下，不即下而又使人咀之有味，嚼之无声者，斯为妙品。吾遍索饮食中，惟得此二物。绿豆粉为汤，蕨粉为下汤之饭，可称"二耐"。齿牙遇此，殆亦所谓劳而不怨者哉！

注

①仓卒（cù）：匆忙急迫。卒，突然，后多作"猝"。

②糇（hòu）：干粮。

饮馔部

肉食第三

　　"肉食者鄙①"，非鄙其食肉，鄙其不善谋也。食肉之人之不善谋者，以肥腻之精液，结而为脂，蔽障胸臆，犹之茅塞其心，使之不复有窍也。此非予之臆说，夫有所验之矣。诸兽食草木杂物，皆狡猾②而有智。虎独食人，不得人则食诸兽之肉。是匪③肉不食者，虎也；虎者，兽之至愚者也。何以知之？考诸群书则信矣。"虎不食小儿"，非不食也，以其痴不惧虎，谬谓勇士④而避之也。"虎不食醉人"，非不食也，因其醉势猖獗，目为劲敌而防之也。

"虎不行曲路，人遇之者，引至曲路即得脱。"其不行曲路者，非若澹台灭明之行不由径[5]，以颈直不能回顾也。使知曲路必脱，先于周行食之矣。《虎苑》云："虎之能搏狗者，牙爪也。使失其牙爪，则反伏于狗矣。"迹是观之，其能降人降物而藉之为粮者，则专恃威猛，威猛之外，一无他能，世所谓"有勇无谋"者，虎是也。予究其所以然之故，则以舍肉之外，不食他物，脂腻填胸，不能生智故。然则"肉食者鄙，未能远谋。"其说不既有征乎？吾今虽为肉食作俑[6]，然望天下之人，多食不如少食。无虎之威猛而益其愚，与有虎之威猛而自昏其智，均非养生善后之道也。

①肉食者鄙：指身居高位、俸禄丰厚的人眼光短浅。《左传·庄公十年》："肉食者鄙，未能远谋。"

②狡猾（xù）：狡猾多诈。

③匪：同"非"，不是。

④谬谓勇士：指虎误以为小孩是胆大有力之人。

⑤"非若"句：不像澹台灭明走路不抄小道。《论语·雍也》："有澹台灭明者，行不由径，非公事，未尝至于偃之室也。"澹台灭明，复姓澹台，

名灭明，字子羽，孔子弟子，教育家。行不由径，
走路不抄小道，比喻为人正大光明。

⑥作俑：本谓制作用于殉葬的偶象，后称创始、首
开先例为"作俑"。多用于贬义。

猪

食以人传者，"东坡肉"是也。卒急听之，
似非豕之肉，而为东坡之肉矣。噫，东坡何罪，
而割其肉，以实千古馋人之腹哉？甚矣，名士
不可为，而名士游戏之小术，尤不可不慎也。
至数百载而下，糕、布等物，又以眉公得名。
取"眉公①糕""眉公布"之名，以较"东坡肉"
三字，似觉彼善于此矣。而其最不幸者，则有
溷②厕中之一物，俗人呼为"眉公马桶"。噫，
马桶何物，而可冠以雅人高士之名乎？予非不
知肉味，而于豕之一物，不敢浪③措一词者，
虑为东坡之续也。即溷厕中之一物，予未尝不
新其制，但蓄之家，而不敢取以示人，尤不敢
笔之于书者，亦虑为眉公之续也。

①眉公：陈继儒（1558～1639 年），号眉公、麋公，
　字仲醇，华亭（今上海松江）人。明代文学家、
　书画家，博学多通，名冠当时。
②溷（hùn）：污浊。
③浪：轻易，随便。

羊

　　物之折耗最重者，羊肉是也。谚有之曰：
"羊几贯，帐难算，生折对半熟对半，百斤止
剩念①余斤，缩到后来只一段。"大率羊肉百斤，
宰而割之，止②得五十斤，迨③烹而熟之，又止
得二十五斤，此一定不易之数也。但生羊易消，
人则知之；熟羊易长，人则未之知也。羊肉之
为物，最能饱人，初食不饱，食后渐觉其饱，
此易长之验也。凡行远路及出门作事，卒急不
能得食者，啖此最宜。秦之西鄙④，产羊极繁，
土人日食止一餐，其能不枵腹⑤者，羊之力也。
《本草》载羊肉比人参、黄芪。参芪补气，羊
肉补形。予谓补人者羊，害人者亦羊。凡食羊

31

肉者，当留腹中余地，以俟其长。倘初食不节而果[6]其腹，饭后必有胀而欲裂之形，伤脾坏腹，皆由于此，葆生[7]者不可不知。

①念：二十的俗称，又作"廿"。

②止：仅，只。

③迨（dài）：等到。

④秦之西鄙：陕西西边的边邑。鄙。边境，边邑。

⑤枵（xiāo）腹：指腹空，饥饿。枵，空虚。

⑥果：饱足，充实。

⑦葆生：即养生。葆，通"保"，保护，保卫。

牛　犬

猪、羊之后，当及牛、犬。以二物有功于世，方劝人戒之之不暇，尚忍为制酷刑乎？略此二物，遂及家禽，是亦以羊易牛[1]之遗意也。

①以羊易牛：梁惠王见人牵牛去宰杀，心中不忍，命人以羊代替牛。语出《孟子·梁惠王上》。

鸡

鸡亦有功之物，而不讳其死者，以功较牛、犬为稍杀。天之晓也，报亦明，不报亦明，不似畎亩[1]、盗贼，非牛不耕，非犬之吠则不觉也。然较鹅鸭二物，则淮阴羞伍绛、灌矣[2]。烹饪之刑，似宜稍宽于鹅鸭。卵之有雄者[3]弗食，重不至斤外者弗食，即不能寿之，亦不当过夭之耳。

注

① 畎（quǎn）亩：田地。
② "则淮阴"句：就像韩信羞与周勃、灌婴为伍。淮阴，韩信，封为淮阴侯。绛，周勃，封为绛侯。灌，灌婴。二人能武不能文。
③ 卵之有雄者：指受精的鸡蛋，或指受精的母鸡。

读经典　学养生

闲情偶寄

XIAN
QING
OU
JI

饮馔部

肉食第三

鹅

鶂鶂①之肉无他长，取其肥且甘而已矣。肥始能甘，不肥则同于嚼蜡。鹅以固始②为最，讯其土人，则曰："豢之之物，亦同于人。食人之食，斯其肉之肥腻亦同于人也。"犹之豕肉以金华为最，婺③人豢豕，非饭即粥，故其为肉也甜而腻。然则固始之鹅，金华之豕，均非鹅豕之美，食美之也④。食能美物，奚俟人言？归而求之，有余师⑤矣。但授家人以法，彼虽饲以美食，终觉饥饱不时，不似固始、金华之有节，故其为肉也，犹有一间之殊⑥。盖终以禽兽畜之，未尝稍同于人耳⑦。"继子得食，肥而不泽⑧。"其斯之谓欤？

注

①鶂鶂（yì）：亦作"鶃鶃"，鹅鸣声，亦借指鹅。

②固始：地名，今属河南。

③婺：金华一带的别称。

④食美之也：指猪、鹅都是因为吃了好的食物而具有了上佳的肉质。

⑤有余师：有我的老师，指有可借鉴之处。

⑥一间之殊：很小的差别。

⑦“盖终以禽兽畜之”句：大概因为终归拿猪、鹅当成畜生来豢养，并未当作人来看待。

⑧“继子”句：指继子在感情上未能被视为亲子，因此，即使吃了好的，长胖了，皮肤却缺少光泽神采。

　　有告予食鹅之法者，曰：昔有一人，善制鹅掌。每豢肥鹅将杀，先熬沸油一盂，投以鹅足，鹅痛欲绝，则纵之池中，任其跳跃。已而复禽复纵，炮瀹①如初。若是者数四，则其为掌也，丰美甘甜，厚可径寸，是食中异品也。予曰：惨哉斯言！予不愿听之矣。物不幸而为人所畜，食人之食，死人之事。偿之以死亦足矣，奈何未死之先，又加若是之惨刑乎？二掌虽美，入口即消，其受痛楚之时，则有百倍于此者。以生物多时之痛楚，易我片刻之甘甜，忍人②弗为，况稍具婆心③者乎？地狱之设，正为此人，其死后炮烙之刑，必有过于此者。

注

①瀹（yuè）：浸泡。

②忍人：残忍的人。

③婆心：仁慈之心。

鸭

　　禽属之善养生者，雄鸭是也。何以知之，知之于人之好尚。诸禽尚雌，而鸭独尚雄；诸禽贵幼，而鸭独贵长。故养生家有言："烂蒸老雄鸭，功效比参芪①。"使物不善养生，则精气必为雌者所夺，诸禽尚雌者，以为精气之所聚也。使物不善养生，则情窍一开，日长而日瘠②矣，诸禽贵幼者，以其泄少而存多也。雄鸭能愈长愈肥，皮肉至老不变，且食之与参芪比功，则雄鸭之善于养生，不待考核而知之矣。然必俟考核，则前此未之闻也。

注

①参芪：人参和黄芪。
②瘠：瘦弱，匮乏。

野禽　野兽

　　野味之逊于家味者，以其不能尽肥；家味之逊于野味者，以其不能有香也。家味之肥，肥于不自觅食而安享其成；野味之香，香于草木为家而行止自若。是知丰衣美食，逸处安居，肥人之事也；流水高山，奇花异木，香人之物也。肥则必供刀俎，靡有孑遗①；香亦为人朵颐②，然或有时而免。二者不欲其兼，舍肥从香而已矣。

　　野禽可以时食，野兽则偶一尝之。野禽如雉、雁、鸠、鸽、黄雀、鹌鹑之属，虽生于野，若畜于家，为可取之如寄。野兽之可得者惟兔、獐、鹿、熊、虎诸兽，岁不数得，是野味之中又分难易。难得者何？以其久住深山，不入人境，槛阱③之入，是人往觅兽，非兽来挑人也。禽则不然，知人欲弋而往投入，以觅食也，食得而祸随之矣。是兽之死也，死于人；禽之毙也，毙于己。食野味者，当作如是观。惜禽而更当惜兽，以其取死之道为可原也。

①靡（mǐ）有孑（jié）遗：没有遗留。靡，没有。
　孑遗：遗留。
②朵颐：鼓腮嚼食。朵，动。颐，下巴。
③槛阱：捕捉野兽的机具和陷坑。

鱼

　　鱼藏水底，各自为天，自谓与世无求，可保戈矛之不及矣。乌知网罟①之奏功，较弓矢罝罘②为更捷。无事竭泽而渔，自有吞舟③不漏之法。然鱼与禽兽之生死，同是一命，觉鱼之供人刀俎，似较他物为稍宜。何也？水族难竭而易繁。胎生卵生之物，少则一母数子，多亦数十子而止矣。鱼之为种也似粟，千斯仓而万斯箱，皆于一腹焉寄子。苟无沙汰之人，则此千斯仓而万斯箱者生生不已，又变而为恒河沙数。至恒河沙数之一变再变，以至千百变，竟无一物可以喻之，不几充塞江河而为陆地，舟楫之往来能无恙乎？故渔人之取鱼虾，与樵人之伐草木，皆取所当取、伐所不得不伐者也。

我辈食鱼虾之罪，较食他物为稍轻。兹为约法数章，虽难比乎祥刑④，亦稍差于酷吏。

注

①罟（gǔ）：网。
②罝（jū）罦（fú）：泛指捕兽网。
③吞舟：吞舟之鱼的略语。
④祥刑：又作"详刑"，谓断狱审慎，善用刑罚。

食鱼者首重在鲜，次则及肥，肥而且鲜，鱼之能事毕矣。然二美虽兼，又有所重在一者。如鲟、如鰽①、如鲫、如鲤，皆以鲜胜者也，鲜宜清煮作汤；如鳊、如白、如鰣、如鲢，皆以肥胜者也，肥宜厚烹作脍。烹煮之法，全在火候得宜。先期而食者肉生，生则不松；过期而食者肉死，死则无味。迟客之家，他馔或可先设以待，鱼则必须活养，候客至旋烹。鱼之至味在鲜，而鲜之至味又只在初熟离釜之片刻，若先烹以待，是使鱼之至美，发泄于空虚无人之境；待客至而再经火气，犹冷饭之复炊、残酒之再热，有其形而无其质矣。煮鱼之水忌多，

读经典 学养生

闲情偶寄

XIAN
QING
OU JI

饮馔部

肉食第三

仅足伴鱼而止，水多一口，则鱼淡一分。司厨婢子，所利在汤，常有增而复增，以致鲜味减而又减者。志在厚客，不能不薄待庖人耳。更有制鱼良法，能使鲜肥迸出，不失天真，迟速咸宜，不虞②火候者，则莫妙于蒸。置之镟③内，入陈酒、酱油各数盏，覆以瓜姜及蕈笋诸鲜物，紧火蒸之极熟。此则随时早暮，供客咸宜，以鲜味尽在鱼中，并无一物能侵，亦无一气可泄，真上着也。

①鲚（jì）：即鱽鱼。
②虞：担忧。
③镟（xuàn）：即镟子，一种金属器具，像盘而较大。

虾

笋为蔬食之必需，虾为荤食之必需，皆犹甘草之于药也。善治荤食者，以焯虾之汤，和入诸品，则物物皆鲜，亦犹笋汤之利于群蔬。笋可孤行，亦可并用；虾则不能自主，必借他物为君。若以煮熟之虾单盛一簋，非特华筵[1]必无是事，亦且令食者索然。惟醉者糟者[2]，可供匕箸。是虾也者，因人成事之物，然又必不可无之物也。"治国若烹小鲜"，此小鲜之有裨于国者。

注

①华筵（yán）：丰盛的宴会。
②醉者糟者：指以酒浸泡或以糟卤浸泡的虾。

鳖

"新粟米炊鱼子饭，嫩芦笋煮鳖裙羹。"林居之人述此以鸣得意，其味之鲜美可知矣。予性于水族无一不嗜，独与鳖不相能，食多则觉口燥，殊不可解。一日，邻人网得巨鳖，召众食之，死者接踵，染指其汁者，亦病数月始瘥。予以不喜食此，得免于召，遂得免于死。岂性之所在，即命之所在耶？予一生侥幸之事难更仆数[1]。乙未居武林[2]，邻家失火，三面皆焚，而予居无恙。己卯之夏，遇大盗于虎爪山，

41

贿以重资者得免，不则立毙。予囊无一钱，自分必死，延颈受诛，而盗不杀。至于甲申、乙酉之变③，予虽避兵山中，然亦有时入郭④，其至幸者，才徙家而家焚，甫出城而城陷，其出生于死，皆在斯须倏忽之间。噫，予何修而得此于天哉！报施无地，有强为善而已矣。

注

①仆数：一一相加列举。

②武林：旧时杭州的别称，以武林山得名。

③甲申、乙酉之变：1644年（甲申）李自成为首的大顺军攻入北京，崇祯皇帝自尽，清兵入关。次年（乙酉）清兵下江南，一路屠杀抗清军民，进行了惨绝人寰的大屠杀。

④郭：外城。

蟹

予于饮食之美，无一物不能言之，且无一物不穷其想象，竭其幽渺而言之；独于蟹螯一物，心能嗜之，口能甘之，无论终身一日皆不能忘之，至其可嗜可甘与不可忘之故，则绝口不能形容之。此一事一物也者，在我则为饮食中之痴情，在彼则为天地间之怪物矣。予嗜此一生。每岁于蟹之未出时，即储钱以待，因家人笑予以蟹为命，即自呼其钱为"买命钱"。自初出之日始，至告竣之日止，未尝虚负一夕，缺陷一时。同人知予癖蟹，召者饷者皆于此日，予因呼九月、十月为"蟹秋"。虑其易尽而难继，又命家人涤瓮酿酒，以备糟之醉之之用。糟名"蟹糟"，酒名"蟹酿"，瓮名"蟹瓮"。向有一婢，勤于事蟹，即易其名为"蟹奴"，今亡之矣。蟹乎！蟹乎！汝于吾之一生，殆相终始者乎！所不能为汝生色①者，未尝于有螃蟹无监州处作郡，出俸钱以供大嚼，仅以悭②囊易汝。即使日购百筐，除供客外，与五十口家人分食，然则入予腹者有几何哉？蟹乎！蟹乎！吾终有愧于汝矣。

注

①生色：增色。
②悭：银钱稀少。

读经典 学养生

闲情偶寄

XIAN
QING
OU
JI

饮馔部

肉食第三

蟹之为物至美，而其味坏于食之之人。以之为羹者，鲜则鲜矣，而蟹之美质何地？以之为脍者，腻①则腻矣，而蟹之真味不存。更可厌者，断为两截，和以油、盐、豆粉而煎之，使蟹之色、蟹之香与蟹之真味全失。此皆似嫉蟹之多味，忌蟹之美观，而多方蹂躏，使之泄气而变形者也。世间好物，利在孤行。蟹之鲜而肥，甘而腻，白似玉而黄似金，已造色香味三者之至极，更无一物可以上之。和以他味者，犹之以爝②火助日，掬水益河，冀其有裨也，不亦难乎？凡食蟹者，只合全其故体，蒸而熟之，贮以冰盘，列之几上，听客自取自食。剖一筐，食一筐，断一螯，食一螯，则气与味纤毫不漏。出于蟹之躯壳者，即入于人之口腹，饮食之三昧，再有深入于此者哉？凡治他具，皆可人任其劳，我享其逸，独蟹与瓜子、菱角三种，必须自任其劳。旋剥旋食则有味，人剥而我食之，不特味同嚼蜡，且似不成其为蟹与瓜子、菱角，而别是一物者。此与好香必须自焚，好茶必须自斟，僮仆虽多不能任其力者，同出一理。讲饮食清供③之道者，皆不可不知也。宴上客者势难全体，不得已而羹之，亦不当和以他物，惟以煮鸡鹅之汁为汤，去其油腻可也。

瓮中取醉蟹，最忌用灯，灯光一照，则满瓮俱沙，此人人知忌者也。有法处之，则可任照不忌。初醉之时，不论昼夜，俱点油灯一盏，照之入瓮，则与灯光相习，不相忌而相能，任凭照取，永无变沙之患矣。（此法都门有用之者）

注

①腻：滑润。

②爝（jué）：炬火，小火。

③清供：清雅的器玩。

零星水族

予担簦①二十年，履迹几遍天下。四海历其三，三江五湖则俱未尝遗一，惟九河②未能环绕，以其迂③僻者多，不尽在舟车可抵之境也。历水既多，则水族之经食者，自必不少，因知天下万物之繁，未有繁于水族者，载籍所列诸鱼名，不过十之六七耳。常有奇形异状，味亦不群,渔人竟日取之,土人终年食之,咨询其名,皆不知为何物者。无论其他,即吴门、京口诸地所产水族之中,有一种似鱼非鱼,状类河豚而极小者,俗名"斑子鱼",味之甘美,几同乳酪,又柔滑无骨,真至味也,而《本草》《食物》诸书,皆所不载。近地且然,况寥廓而迂僻者乎?海错④之至美,人所艳羡而不得食者,为闽之"西施舌""江瑶柱"二种。"西施舌"予既食之,独"江瑶柱"未获一尝,为入闽恨事。所谓"西施舌"者,状其形也。白而洁,光而滑,入口咂之,俨然美妇之舌,但少朱唇皓齿牵制其根,使之不留而即下耳。此所谓状其形也。若论鲜味,则海错中尽有过之者,未甚奇特,朵颐此味之人,但索美舌而咂之,即当屠门大嚼⑤矣。其不甚著名而有异味者,则北海之鲜鲫⑥,味并鲥鱼,其腹中有肋,甘美绝伦。世人以在姆鳇⑦腹中者为"西施乳",若与此肋较短长,恐又有东家西家之别耳。

注

①担簦(dēng):背着伞,引申为奔走、跋涉。簦:古代长柄笠,犹今雨伞。

② 九河：古时黄河自孟津之下分为九道，称为九河，亦泛指黄河。

③ 迂：曲折而遥远。

④ 海错：《书·禹贡》："厥贡盐絺，海物惟错"。孔传："错杂非一种"。后因称各种海味为海错。

⑤ 屠门大嚼：经过肉店而做出大嚼的样子。比喻欣羡美而不能得，聊为已得之状以自慰。语出桓谭《新论》及曹植《与吴季重书》。

⑥ 鰳（lè）：海水鱼，又名鲙鱼、白鳞鱼、曹白鱼。身体侧扁，银白色，头小，鳃孔大。

⑦ 鲟鳇：又名鳣，鱼纲鲟科。形体与鲟相似，唯左右鳃膜相连。大的体长可达五米，有五行硬甲，口大，半月形，两旁有扁平的须。

河豚为江南最尚之物，予亦食而甘之。但询其烹饪之法，则所需之作料甚繁，合而计之，不下十余种，且又不可缺一，缺一则腥而寡味。然则河豚无奇，乃假众美成奇者也。有如许调和之料施之他物，何一不可擅长，奚必假杀人之物以示异乎①？食之可，不食亦可。若江南之鲚②，则为春馔中妙物。食鲥鱼及鲟鳇有厌时，鲚则愈嚼愈甘，至果腹而犹不能释手者也。

① "奚必"句：何必借河豚这种有毒的食物来显示厨艺的特别呢？

② 鲥：鱼名。鱼纲，鲱科。体侧扁，尾部延长，银白色。胸鳍上部有游离的丝状鳍条，尾鳍不对称，腹部有棱鳞。雌大雄小。我国长江流域盛产凤鲚（即"凤尾鱼"）、刀鲚（亦称"刀鱼"），为名贵的经济鱼类。

不载果食茶酒说

果者酒之仇，茶者酒之敌，嗜酒之人必不嗜茶与果，此定数也。凡有新客入座，平时未经共饮，不知其酒量浅深者，但以果饼及糖食验之。取到即食，食而似有踊跃之情者，此即茗客①，非酒客也；取而不食，及食不数四而即有倦色者，此必巨量之客②，以酒为生者也。以此法验嘉宾，百不失一。予系茗客而非酒人，性似猿猴，以果代食，天下皆知之矣。讯以酒味则茫然，与谈食果饮茶之事，则觉井井有条，滋滋多味。兹既备述饮馔之事，则当于二者加详，胡以缺而不备？曰：惧其略也。性既嗜此，则必大书特书，而且为罄竹之书③，若以寥寥数纸终其崖略④，则恐笔欲停而心未许，不觉其言之汗漫而难收也。且果可略而茶不可略，茗战之兵法，富于《三略》《六韬》，岂《孙子》十三篇所能尽其灵秘者哉？是用专辑一编，名为《茶果志》，孤行可，尾于是集之后亦可。至于曲蘖⑤一事，予既自谓茫然，如复强为置吻，则假口他人乎？抑强不知为知，以欺天下乎？假口则仍犯剿袭之戒；将欲欺人，则茗客可欺，酒人不可欺也。倘执其所短而兴问罪之师，吾能以茗战战之乎？不若绝口不谈之为愈耳。

注

① 茗客：爱喝茶的客人。

② 巨量之客：酒量巨大的客人。

③ 罄竹之书：形容想写的太多。罄竹：用尽竹子来做书简。

④ 崖略：简略叙述。

⑤ 曲蘖（niè）：酒曲，此指酒。

颐养部

闲情偶寄

读经典 学养生

XIAN
QING
OU
JI

颐养部

行乐第一

颐养部

行乐第一

　　伤哉！造物生人一场，为时不满百岁。彼夭折之辈无论矣，姑①就永年者②道之，即使三万六千日尽是追欢取乐时，亦非无限光阴，终有报罢之日。况此百年以内，有无数忧愁困苦、疾病颠连、名缰利锁、惊风骇浪，阻人燕游，使徒有百岁之虚名，并无一岁二岁享生人应有之福之实际乎！又况此百年以内，日日死亡相告，谓先我而生者死矣，后我而生者亦死矣，与我同庚比算、互称弟兄者又死矣。噫，死是何物，而可知凶不讳，日令不能无死者惊见于

目而怛③闻于耳乎！是千古不仁，未有甚于造物者矣。虽然，殆有说焉。不仁者，仁之至也。知我不能无死，而日以死亡相告，是恐我也。恐我者，欲使及时为乐，当视此辈为前车也。康对山④构一园亭，其地在北邙山⑤麓，所见无非丘陇⑥。客讯之曰："日对此景，令人何以为乐？"对山曰："日对此景，乃令人不敢不乐。"达哉斯言！予尝以铭座右。兹论养生之法，而以行乐先之；劝人行乐，而以死亡怵之，即祖⑦是意。欲体天地至仁之心，不能不蹈造物不仁之迹。

注

①姑：姑且。

②永年者：长寿之人。

③怛（dá）：畏惧，惊恐。

④康对山：名康海（1475～1540），字德涵，号对山、沜东渔父，陕西武功人。明代文学家、戏剧家。

⑤北邙山：又名北芒、邙山、北山、平逢山、太平山、郏山，位于河南省洛阳市北，黄河南岸。被认为是殡葬宝地，故多葬有王侯公卿。

⑥丘陇：指坟墓。

⑦祖：根据。

读经典 学养生

闲情偶寄

XIAN
QING
OU
JI

颐养部

行乐第一

养生家授受之方，外藉药石，内凭导引[1]，其借口颐生[2]而流为放辟邪侈[3]者，则曰"比家"。三者无论邪正，皆术士之言也。予系儒生，并非术士。术士所言者术，儒家所凭者理。《鲁论·乡党》一篇，半属养生之法。予虽不敏，窃附于圣人之徒，不敢为诞妄不经之言以误世。有怪此卷以"颐养"命名，而觅一丹方不得者，予以空疏谢之。又有怪予著《饮馔》一篇，而未及烹饪之法，不知酱用几何，醋用几何，醝[4]椒香辣用几何者。予曰：果若是，是一庖人而已矣，乌足重哉！人曰：若是，则《食物志》《尊生笺》《卫生录》等书，何以备列此等？予曰：是诚庖人之书也。士各明志，人有弗为。

注

①导引：导气引体，古医家、道家的养生术。
②颐生：养生。
③放辟邪侈：肆意为非作歹。
④醝（cuō）：白酒。

贵人行乐之法

　　人间至乐之境，惟帝王得以有之；下此则公卿将相，以及群辅百僚，皆可以行乐之人也。然有万几①在念，百务萦心，一日之内，除视朝听政、放衙理事、治人事神、反躬修己之外，其为行乐之时有几？曰：不然。乐不在外而在心。心以为乐，则是境皆乐，心以为苦，则无境不苦。身为帝王，则当以帝王之境为乐境；身为公卿，则当以公卿之境为乐境。凡我分所当行，推诿不去者，即当摈弃一切悉视为苦，而专以此事为乐。谓我为帝王，日有万几之冗，其心则诚劳矣，然世之艳慕帝王者，求为片刻而不能，我之至劳，人之所谓至逸也。为公卿将相、群辅百僚者，居心亦复如是，则不必于视朝听政、放衙理事、治人事神、反躬修己之外，别寻乐境，即此得为之地，便是行乐之场。一举笔而安天下，一矢口②而遂群生，以天下群生之乐为乐，何快如之？若于此外稍得清闲，再享一切应有之福，则人皇可比玉皇，俗吏竟成仙吏，何蓬莱三岛之足羡哉！此术非他，盖用吾家老子"退

55

一步"法。以不如己者视己，则日见可乐；以胜于己者视己，则时觉可忧。

注

① 几（jī）：机要，政务。
② 矢口：随口。

从来人君之善行乐者，莫过于汉之文、景；其不善行乐者，莫过于武帝。以文、景于帝王应行之外，不多一事，故觉其逸；武帝则好大喜功，且薄帝王而慕神仙，是以徒见其劳。人臣之善行乐者，莫过于唐之郭子仪；而不善行乐者，则莫如李广。子仪既拜汾阳王，志愿已足，不复他求，故能极欲穷奢，备享人臣之福；李广则耻不如人，必欲封侯而后已，是以独当单于，卒致失道后期而自刭①。故善行乐者，必先知足。二疏②云："知足不辱，知止不殆③。"不辱不殆，至乐在其中矣。

注

① "卒致"句：指最终导致李广带兵迷路，未能及时与主帅汇合而延误战机，羞愤自杀。

②二疏：指西汉道家疏广、疏受叔侄二人，分别官
至太傅、少傅，俱辞官，将俸禄用于款待宾客而
不给子孙购置田产。

③殆：疲惫。

富人行乐之法

劝贵人行乐易，劝富人行乐难。何也？则
为行乐之资，然势不宜多，多则反为累人之具。
华封人①祝帝尧富寿多男，尧曰："富则多事。"
华封人曰："富而使人分之，何事之有？"由
是观之，财多不分，即以唐尧之圣、帝王之尊，
犹不能免多事之累，况德非圣人而位非帝王者
乎？陶朱公②屡致千金，屡散千金，其致而必散，
散而复致者，亦学帝尧之防多事也。兹欲劝富
人行乐，必先劝之分财；劝富人分财，其势同
于拔山超海，此必不得之数也。财多则思运，
不运则生息不繁。然不运则已，一运则经营惨
淡，坐起不宁，其累有不可胜言者。财多必善防，
不防则为盗贼所有，而且以身殉之。然不防则已，
一防则惊魂四绕，风鹤皆兵，其恐惧觳觫③之状，

有不堪目睹者。且财多必招忌。语云："温饱之家，众怨所归。"以一身而为众射之的，方且忧伤虑死之不暇，尚可与言行乐乎哉？甚矣，财不可多，多之为累，亦至此也。

①华封人：华地守封疆之人。华，地名，华州。
②陶朱公：春秋时越国大夫范蠡的别称。范蠡佐越王勾践灭吴后，因为越王不可共安乐，弃官远去，居于陶，称朱公。以经商致巨富。
③觳（hú）觫（sù）：恐惧战栗貌。

    然则富人行乐，其终不可冀乎？曰：不然。多分则难，少敛则易。处比户可封①之世，难于售恩；当民穷财尽之秋，易于见德。少课锱铢之利，穷民即起颂扬；略蠲②升斗之租，贫佃即生歌舞。本偿而子息未偿，因其贫也而贳③之，一券才焚，即噪冯驩④之令誉；赋足而国用不足，因其匮也而助之，急公⑤偶试，即来卜式⑥之美名。果如是，则大异于今日之富民，而又无损于本来之故我。觊觎⑦者息而仇怨者稀，是则可言行乐矣。其为乐也，亦同贵人，不必于持筹握算之外，别寻乐境，即此宽租减息、仗义急公之日，听贫民之欢欣赞颂，即当两部鼓吹[8]；受官司之奖励称扬，便是百年华衮[9]。荣莫荣于此，乐亦莫乐于此矣。至于悦色娱声、眠花藉柳、构堂建厦、啸月潮风诸乐事，他人欲得，所患无资，业有其资，何求弗遂？是同一富也，昔为最难行乐之人，今为最易行乐之人。即使帝尧不死，陶朱现在，彼丈夫也，我丈夫也，吾何畏彼哉？去其一念之刻而已矣。

①比户可封：差不多每家每户都有可受封爵的德行。用以泛指风俗淳美。

②蠲（juān）：除去，减免。

③贳（shì）：借贷。

④冯驩（huān）：又载为冯谖，齐国孟尝君门下食客，曾替其到封邑收取债息，把不能还息的债券烧掉，替孟尝君收买民心。

⑤急公：热心公益。

⑥卜式：西汉时河南郡（今河南洛阳市）人，因出资救助朝廷，拜其为中郎，官至丞相。

⑦觊（jì）觎（yú）：非分的希望或企图。

读经典 学养生

闲情偶寄

XIAN
QING
OU
JI

颐养部

行乐第一

⑧两部鼓吹：有坐、立两部的乐队演奏的音乐，隆
重浩大。

⑨华衮：古代王公贵族的多采的礼服。常用以表示
极高的荣宠。

贫贱行乐之法

穷人行乐之方，无他秘巧，亦止有"退一步"法。我以为贫，更有贫于我者；我以为贱，更有贱于我者；我以妻子为累，尚有鳏寡孤独①之民，求为妻子之累而不能者；我以胼胝②为劳，尚有身系狱廷，荒芜田地，求安耕凿之生而不可得者。以此居心，则苦海尽成乐地。如或向前一算，以胜己者相衡，则片刻难安，种种桎梏③幽囚之境出矣。一显者旅宿邮亭，时方溽暑④，帐内多蚊，驱之不出，因忆家居时堂宽似宇，簟冷如冰，又有群姬握扇而挥，不复知其为夏，何遽困厄至此！因怀至乐，愈觉心烦，遂致终夕不寐。一亭长露宿阶下，为众蚊所啮，几至露筋，不得已而奔走庭中，俾⑤四体动而弗停，则啮人者无由厕足；乃形则往来仆仆⑥，

60

口则赞叹嚣嚣，一似苦中有乐者。显者不解，呼而讯之，谓："汝之受困，什佰于我，我以为苦，而汝以为乐，其故维何？"亭长曰："偶忆某年，为仇家所陷，身系狱中。维时亦当暑月，狱卒防予私逸，每夜拘挛手足，使不得动摇，时蚊蚋之繁，倍于今夕，听其自啮，欲稍稍规避而不能，以视今夕之奔走不息，四体得以自如者，奚啻⑦仙凡人鬼之别乎！以昔较今，是以但见其乐，不知其苦。"显者听之，不觉爽然自失。此即穷人行乐之秘诀也。

①鳏寡孤独：泛指没有劳动力而独居无依靠的人。鳏：老而无妻之人。寡：老而无夫之人。孤：幼而无父之人。独，老而无子之人。

②胼胝：手掌脚底因长期劳动摩擦而生的茧子。

③桎（zhì）梏（gù）：本指脚镣手铐。又指囚禁。

④溽（rù）暑：指盛夏气候潮湿闷热。

⑤俾（bǐ）：使。

⑥仆仆：奔走劳顿貌。

⑦啻（chì）：仅止。

读经典 学养生

闲情偶寄

XIAN
QING OU
JI

颐养部

行乐第一

不独居心为然，即铸体炼形，亦当如是。譬如夏月苦炎，明知为室庐卑小所致，偏向骄阳之下来往片时，然后步入室中，则觉暑气渐消，不似从前酷烈；若畏其湫隘①而投宽处纳凉，及至归来，炎蒸又加十倍矣。冬月苦冷，明知为墙垣单薄所致，故向风雪之中行走一次，然后归庐返舍，则觉寒威顿减，不复凛冽如初；若避此荒凉而向深居就燠②，及其再入，战栗又作何状矣。由此类推，则所谓退步者，无地不有，无人不有，想至退步，乐境自生。予为两间③第一困人，其能免死于忧，不枯槁于迍邅④蹭蹬⑤者，皆用此法。又得管城⑥一物，相伴终身，以扫千军则不足，以除万虑则有余。然非善作退步，即楮墨⑦亦能困人。想虞卿著书⑧，亦用此法，我能公世，彼特秘而未传耳。

注

①湫（jiǎo）隘：低下狭小。湫，低下。

②燠（yù）：暖，热。

③两间：天地之间，即人间。

④迍（zhūn）邅（zhān）：难行貌，喻处境困顿。

⑤蹭（cèng）蹬（dèng）：路途险阻难行，比喻困顿、

不顺利。

⑥管城：毛笔的别称。

⑦楮墨：纸与墨，借指诗文或书画。

⑧虞卿著书：比喻学者因困顿而从事著述。虞卿，
战国时期赵国上卿，后为救友人魏齐而至魏国，
遂不得志。窘困之中，发愤著书，成八篇著作，
合称为《虞氏春秋》。

闲 读 经典
情 学 养
偶 生
寄

XIAN
QING
OU
JI

颐养部

行乐第一

由亭长之说推之，则凡行乐者，不必远引
他人为退步，即此一身，谁无过来之逆境？大
则灾凶祸患，小则疾病忧伤。"执柯伐柯，其
则不远。①"取而较之，更为亲切。凡人一生，
奇祸大难非特不可遗忘，还宜大书特书，高悬
座右。其裨益于身者有三：孽由己作，则可
知非痛改，视作前车；祸自天来，则可止怨
释尤②，以弭③后患；至于忆苦追烦，引出无穷
乐境，则又警心惕目之余事矣。如曰省躬罪己，
原属隐情，难使他人共睹，若是则有包含韫藉
之法；或止书罹④患之年月，而不及其事；或
别书隐射之数语，而不露其详；或撰作一联一
诗，悬挂起居亲密之处，微寓己意，不使人知，
亦淑慎⑤其身之妙法也。此皆湖上笠翁瞒人独

63

做之事，笔机所到，欲讳不能，俗语所谓"不打自招"者，非乎？

注

① "执柯"句：出自《诗经·豳风·伐柯》，持斧砍伐树来做斧柄，其砍伐的树木规格可以就近以手中的斧柄为参考。

② 尤：抱怨。

③ 弭（mǐ）：止息。

④ 罹：遭受。

⑤ 淑慎：使和善谨慎。

家庭行乐之法

世间第一乐地，无过家庭。"父母俱存，兄弟无故，一乐也。"是圣贤行乐之方，不过如此。而后世人情之好向，往往与圣贤相左。圣贤所乐者，彼则苦之；圣贤所苦者，彼反视为至乐而沉溺其中。如弃现在之天亲而拜他人为父，撇同胞之手足而与陌路结盟，避女色而就娈童①，舍家鸡而寻野鹜，是皆情理之至悖，而举世习而安之。其故无他，总由一念之恶旧喜新，厌常趋异所致。若是，则生而所有之形骸，亦觉陈腐可厌，胡不并易而新之，使今日魂附一体，明日又附一体，觉愈变愈新之可爱乎？其不能变而新之者，以生定故也。然欲变而新之，亦自有法。时易冠裳，叠更帏座，而照之以镜，则似换一规模矣。即以此法而施之父母兄弟、骨肉妻孥②，以结交滥费之资，而鲜其衣饰，美其供奉，则"居移气，养移体③"，一岁而数变其形，岂不犹之谓他人父，谓他人母，而与同学少年互称兄弟，各家美丽共缔姻盟者哉？

①娈（luán）童：被当作女性玩弄的美男。

②孥（nú）：儿女。

③居移气，养移体：指地位和环境可以改变人的气质，修养或涵养可以改变人的素质。语出《孟子·尽心上》。

有好游狭斜①者，荡尽家资而不顾，其妻迫于饥寒而求去。临去之日，别换新衣而佐以美饰，居然绝世佳人。其夫抱而泣曰："吾走

读经典 学养生
闲情偶寄

XIAN
QING
OU
JI

颐养部

行乐第一

尽章台②，未尝遇此娇丽。由是观之，匪人之美，衣饰美之也。倘能复留，当为勤俭克家，而置汝金屋。"妻善其言而止。后改荡从善，卒如所云。又有人子不孝而为亲所逐者，鞠③于他人，越数年而复返，定省④承欢，大异畴昔。其父讯之，则曰："非予不爱其亲，习久而生厌也。兹复厌所习见，而以久不睹者为可爱矣。"众人笑之，而有识者怜之。何也？习久而厌其亲者，天下皆然，而不能自明其故。此人知之，又能直言无讳，盖可以为善人也。此等罕譬曲喻，皆为劝导愚蒙。谁无至性，谁乏良知，而俟予为木铎⑤？但观孺子离家，即生哭泣，岂无至乐之境十倍其家者哉？性在此而不在彼也。人能以孩提之乐境为乐境，则去圣人不远矣。

##

①狭斜：小街曲巷，多指妓院。

②章台：泛指妓院聚集之地。

③鞠：抚养。

④定省：《礼记·曲礼上》："凡为人子之礼，冬温而夏清，昏定而晨省。"后因称子女早晚向亲长问安为"定省"。

⑤木铎（duó）：以木为舌的大铃，古代宣布政教法

令时，巡行振鸣以引起众人注意。后用以比喻宣扬教化的人。

道途行乐之法

"逆旅"二字，足概远行，旅境皆逆境也。然不受行路之苦，不知居家之乐，此等况味，正须一一尝之。予游绝塞而归，乡人讯曰："边陲之游乐乎？"曰："乐。"有经其地而惮焉者曰："地则不毛，人皆异类，睹沙场而气索，闻钲鼓①而魂摇，何乐之有？"予曰："向未离家，谬谓四方一致，其饮馔服饰皆同于我，及历四方，知有大谬不然者。然止游通邑大都，未至穷边极塞，又谓远近一理，不过稍变其制而已矣。及抵边陲，始知地狱即在人间，罗刹原非异物，而今而后，方知人之异于禽兽者几希，而近地之民，其去绝塞之民者，反有霄壤幽明之大异也。不入其地，不睹其情，乌知生于东南，游于都会，衣轻席暖，饭稻羹鱼②之足乐哉！"此言出路之人，视居家之乐为乐也；然未至还家，则终觉其苦。

67

①钲（zhēng）鼓：钲和鼓，古代行军或歌舞时用以
　指挥进退、动静的两种乐器。并称常代指兵事。
②饭稻羹鱼：以稻米为饭，以鱼为羹。

又有视家为苦，借道途行乐之法，可以暂
娱目前，不为风霜车马所困者，又一方便法门也。
向平①欲俟婚嫁既毕，遨游五岳；李固②与弟书，
谓周观天下，独未见益州，似有遗憾；太史公
因游名山大川，得以史笔妙千古。是游也者，
男子生而欲得，不得即以为恨者也。有道之士，
尚欲挟资裹粮，专行其志，而我以糊口资生之
便，为益闻广见之资，过一地，即览一地之人
情，经一方，则睹一方之胜概，而且食所未食，
尝所欲尝，蓄所余者而归遗细君③，似得五侯
之鲭④，以果一家之腹，是人生最乐之事也，
奚事哭泣阮途⑤，而为乘槎⑥驭骏者所窃笑哉？

①向平：向长，字子平，东汉高士。子女婚嫁既毕，
　遂漫游五岳名山，后不知所终。事见《后汉书·逸
　民传》。

②李固：字子坚，东汉中期名臣，博览古今，遍行天下。

③细君：古称诸侯之妻，后为妻的通称。

④五侯之鲭（zhēng）：即五侯鲭，指汉代娄护合王氏五侯家珍膳而烹饪的杂烩，后用以指佳肴。鲭，鱼和肉的杂烩。

⑤阮途：又称"阮籍途"，指魏晋名士阮籍常率性独自驾车，行至穷途，恸哭而返。后用以喻指令人悲哀的末路。

⑥槎：木筏。

春季行乐之法

人有喜怒哀乐，天有春夏秋冬。春之为令，即天地交欢之候，阴阳肆乐之时也。人心至此，不求畅而自畅，犹父母相亲相爱，则儿女嬉笑自如，睹满堂之欢欣，即欲向隅①而泣，泣不出也。然当春行乐，每易过情，必留一线之余春，以度将来之酷夏。盖一岁难过之关，惟有三伏，精神之耗，疾病之生，死亡之至，皆由于此。故俗话云："过得七月半，便是铁罗汉"，非虚语也。思患预防，当在三春②行乐之时，

闲情偶寄

读经典 学养生

XIAN
QING
OU JI

颐养部

行乐第一

不得纵欲过度，而先埋伏病根。花可熟观，鸟可倾听，山川云物之胜可以纵游，而独于房欲之事略存余地。盖人当此际，满体皆春。春者，泄尽无遗之谓也。草木之春，泄尽无遗而不坏者，以三时皆蓄，而止候泄于一春，过此一春，又皆蓄精养神之候矣。人之一身，能保一时尽泄而三时皆不泄乎？尽泄于春，而又不能不泄于夏，虽草木不能不枯，况人身之浮脆③者乎？欲留枕席之余欢，当使游观之尽致。何也？分心花鸟，便觉体有余闲；并力闺帏，易致身无宁刻。然予所言，皆防已甚之词也。若使杜情而绝欲，是天地皆春而我独秋，焉用此不情之物，而作人中灾异④乎？

①隅：墙角。

②三春：春季三个月。农历正月称孟春，二月称仲春，三月称季春。

③浮脆：空虚脆弱。

④灾异：指自然灾害或某些异常的自然现象。此处指"杜情而绝欲，是天地皆春而我独秋"，做了违反自然季节特点的人。

夏季行乐之法

酷夏之可畏，前幅虽露其端，然未尽暑毒之什一①也。使天只有三时而无夏，则人之死也必稀，巫医僧道之流皆苦饥寒而莫救矣。止因多此一时，遂觉人身叵测，常有朝人而夕鬼者。《戴记》云："是月也，阴阳争，死生分。"危哉斯言！令人不寒而粟矣。凡人身处此候，皆当时时防病，日日忧死。防病忧死，则当刻刻偷闲以行乐。从来行乐之事，人皆选暇于三春，予独息机②于九夏③。以三春神旺，即使不乐，无损于身；九夏则神耗气索，力难支体，如其不乐，则劳神役形，如火益热，是与性命为仇矣。

注

①什一：十分之一。
②息机：本指息灭机心，此指停下身心的工作，休息行乐。
③九夏：夏天。

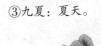

《月令》以仲冬为闭藏；予谓天地之气闭藏于冬，人身之气当令闭藏于夏。试观隆冬之月，人之精神愈寒愈健，较之暑气铄①人，有不可同年而语者。凡人苟非民社系身，饥寒迫体，稍堪自逸者，则当以三时行事，一夏养生。过此危关，然后出而应酬世故，未为晚也。追忆明朝失政以后，大清革命之先，予绝意浮名，不干寸禄，山居避乱，反以无事为荣。夏不谒客，亦无客至，匪止头巾不设，并衫履而废之。或裸处乱荷之中，妻孥觅之不得；或偃卧长松之下，猿鹤过而不知。洗砚石于飞泉，试茗奴以积雪；欲食瓜而瓜生户外，思啖果而果落树头，可谓极人世之奇闲，擅有生之至乐者矣。后此则徙居城市，酬应日纷，虽无利欲熏人，亦觉浮名致累。计我一生，得享列仙之福者，仅有三年。今欲续之，求为闰余②而不可得矣。伤哉！人非铁石，奚堪磨杵作针；寿岂泥沙，不禁委尘入土。予以劝人行乐，而深悔自役其形。噫，天何惜于一闲，以补富贵荣膴③无之不足哉！

①铄（shuò）：熔化，消损。

②闰余：增添。

③膴（wǔ）：美厚，引申谓高官厚禄。

秋季行乐之法

过夏徂①秋，此身无恙，是当与妻孥庆贺重生，交相为寿者矣。又值炎蒸初退，秋爽媚人，四体得以自如，衣衫不为桎梏，此时不乐，将待何时？况有阻人行乐之二物，非久即至。二物维何？霜也，雪也。霜雪一至，则诸物变形，非特无花，亦且少叶；亦时有月，难保无风。若谓"春宵一刻值千金"，则秋价之昂，宜增十倍。有山水之胜者，乘此时蜡屐②而游，不则当面错过。何也？前此欲登而不可，后此欲眺而不能，则是又有一年之别矣。有金石之交③者，及此时朝夕过从，不则交臂而失。何也？襁褓④阻人于前，咫尺有同千里；风雪欺人于后，访戴⑤何异登天？则是又负一年之约矣。至于姬妾之在家，一到此时，有如久别乍逢，为欢特异。何也？暑月汗流，求为盛妆而不得，十分娇艳，惟四五之仅存；此则全副精神，皆可用于青鬓翠黛之上。久不睹而今忽睹，有不与远归新娶同其燕好者哉？为欢即欲，视其精力短长，总留一线之余地。能行百里者，至九十而思休；善登浮屠⑥者，至六级而即下。此房中秘术，请为少年场授之。

注

①徂（cú）：至。

②蜡屐：以蜡涂木屐，即擦亮鞋子。语出《世说新语·雅量》，后常用以指悠闲的生活。

③金石之交：比喻坚贞不渝的友情。

④襶（nài）襶（dài）：夏天遮阳的凉笠。

⑤访戴：因王子猷雪夜访友戴安道，后称访友为"访戴"。见《世说新语·任诞》。

⑥浮屠：佛塔。

冬季行乐之法

冬天行乐，必须设身处地，幻为路上行人，备受风雪之苦，然后回想在家，则无论寒燠晦明，皆有胜人百倍之乐矣。尝有画雪景山水，人持破伞，或策蹇驴①，独行古道之中，经过悬崖之下，石作狰狞之状，人有颠蹶②之形者。此等险画，隆冬之月，正宜县③挂中堂。主人对之，即是御风障雪之屏，暖胃和衷之药。若杨国忠之肉阵④，党太尉之羊羔美酒⑤，初试和温，稍停则奇寒至矣。善行乐者，必先作如是观，而后继之以乐，则一分乐境，可抵二三分，五七分乐境，便可抵十分十二分矣。然一到乐极忘忧之际，其乐自能渐减，十分乐境，只作得五七分，二三分乐境，又只作得一分矣。须将一切苦境，又复从头想起，其乐之渐增不减，又复如初。此善讨便宜之第一法也。譬之行路之人，计程共有百里，行过七八十里，所剩无多，然无奈望到心坚，急切难待，种种畏难怨苦之心出矣。但一回头，计其行过之路数，则七八十里之远者可到，况其少而近者乎？譬如

75

读经典 学养生

闲情偶寄

XIAN
QING
OU
JI

颐养部

行乐第一

此际止行二三十里，尚余七八十里，则苦多乐少，其境又当何如？此种想念，非但可为行乐之方，凡居官者之理繁治剧，学道者之读书穷理，农工商贾之任劳即勤，无一不可倚之为法。噫，人之行乐，何与于我，而我为之嗓敝舌焦，手腕几脱。是殆有媚人之癖，而以楮墨代脂韦⑥者乎？

注

① 蹇驴：跛脚驽弱的驴子。蹇，跛。

② 颠蹶：跌倒。

③ 县（xuán）：同"悬"。

④ 肉阵：唐玄宗时，杨国忠当政，冬月常选婢妾肥大者，行列于前令遮风，藉人气相暖，号"肉阵"，后亦称"肉屏风"。

⑤ "党太尉"句：党太尉，指北宋名将党进。党进有一家姬，后为翰林学士陶谷所得。陶谷在雪天以雪水烹茶，并问家姬道："党家会欣赏这个吗？"家姬答："彼粗人也，安有此景，但能销金暖帐下，浅斟低唱，饮羊羔美酒耳。"

⑥ 脂韦：油脂和软皮。《楚辞·卜居》："宁廉洁正直以自清乎？将突梯滑稽如脂如韦以絜楹乎？"后以"脂韦"比喻阿谀或圆滑。

随时即景就事行乐之法

行乐之事多端，未可执一而论。如睡有睡之乐，坐有坐之乐，行有行之乐，立有立之乐，饮食有饮食之乐，盥①栉有盥栉之乐，即袒裼裸裎②、如厕便溺，种种秽亵之事，处之得宜，亦各有其乐。苟能见景生情，逢场作戏，即可悲可涕之事，亦变欢娱。如其应事寡才，养生无术，即征歌选舞之场，亦生悲戚。兹以家常受用，起居安乐之事，因便制宜，各存其说于左。

①盥（guàn）：洗手。
②袒（tǎn）裼（xī）裸裎（chéng）：都指脱衣露体。

睡

有专言法术之人，遍授养生之诀，欲予北面①事之。予讯益寿之功，何物称最？颐生之地，谁处居多？如其不谋而合，则奉为师，不则友之可耳。其人曰："益寿之方，全凭导引；安生之计，惟赖坐功。"予曰："若是，则汝法最苦，惟修苦行者能之。予懒而好动，且事事求乐，未可以语此也。"其人曰："然则汝意云何？试言之，不妨互为印证。"予曰："天地生人以时，动之者半，息之者半。动则旦，而息则暮也。苟劳之以日，而不息之以夜，则旦旦而伐②之，其死也，可立而待矣。吾人养生亦以时，扰之以半，静之以半，扰则行起坐立，而静则睡也。如其劳我以经营，而不逸我以寝处，则岌岌③乎殆④哉！其年也，不堪指屈⑤矣。若是，则养生之诀，当以善睡居先。睡能还精，睡能养气，睡能健脾益胃，睡能坚骨壮筋。如其不信，试以无疾之人与有疾之人合而验之。人本无疾，而劳之以夜，使累夕不得安眠，则眼眶渐落⑥而精气日颓，虽未即病，而病之情形出矣。患疾之人，久而不寐，则病势日增；偶一沉酣，则其醒也，必有油然勃然之势。是睡，非睡也，药也；非疗一疾之药，及治百病，救万民，无试不验之神药也。兹欲从事导引，并力坐功，势必先遣睡魔，使无倦态而后可。予忍弃生平最效之药，而试未必果验之方哉？"其人艴然⑦

而去，以予不足教也。

注

①北面：谓拜人为师，行弟子敬师之礼。

②伐：败坏，危害。

③岌（jí）岌：危急的样子。

④殆：危险。

⑤不堪指屈：即屈指可数。

⑥落：下陷。

⑦艴（bó）然：恼怒貌。

予诚不足教哉！但自陈所得，实为有见而然，与强辩饰非者稍别。前人睡诗云："花竹幽窗午梦长，此中与世暂相忘。华山处士①如容见，不觅仙方觅睡方。"近人睡诀云："先睡心，后睡眼。"此皆书本唾余，请置弗道，道其未经发明者而已。

注

①华山处士：即陈抟（约871～989年），字图南，号扶摇子，赐号"清虚处士""白云先生""希夷先生"，唐宋间著名道教学者，隐居于武当山，后移华山云台观，相传后来得道升仙，人称"陈抟老祖""睡仙""希夷祖师"等。

有睡之时，睡有睡之地，睡又有可睡不可睡之人，请条晰言之。

由戌①至卯②，睡之时也。未戌而睡，谓之先时，先时者不详，谓与疾作思卧者无异也；过卯而睡，谓之后时，后时者犯忌，谓与长夜不醒者无异也。且人生百年，夜居其半，穷日行乐，犹苦不多，况以睡梦之有余，而损宴游之不足乎？有一名士善睡，起必过午，先时而访，未有能晤之者。予每过其居，必俟良久而后见。一日闷坐无聊，笔墨具在，乃取旧诗一首，更易数字而嘲之曰："吾在此静睡，起来常过午；便活七十年，止当三十五。"同人见之，无不绝倒。此虽谑浪③，颇关至理。是当睡之时，止有黑夜，舍此皆非其候矣。然而午睡之乐，倍于黄昏，三时皆所不宜，而独宜于长夏④。非私之也，长夏之一日，可抵残冬之二日；长夏之一夜，不敌残冬之半夜，使止息于夜，而不息于昼，是以一分之逸，敌四分之劳，精力几何，其能堪此？况暑气铄金，当之未有不倦者。倦极而眠，犹饥之得食，渴之得饮，养生之计，未有善于此者。午餐之后，略逾寸晷⑤，

读经典 学养生

闲情偶寄

XIAN
QING
OU
JI

颐养部

行乐第一

俟所食既消，而后徘徊近榻。又勿有心觅睡，觅睡得睡，其为睡也不甜。必先处于有事，事未毕而忽倦，睡乡之民自来招我。桃源⑥、天台⑦诸妙境，原非有意造之，皆莫知其然而然者。予最爱旧诗中有"手倦抛书午梦长"一句。手书而眠，意不在睡；抛书而寝，则又意不在书，所谓莫知其然而然也。睡中三昧，惟此得之。此论睡之时也。

①戌：戌时，晚上七时至九时。

②卯：卯时，早晨五时至七时。

③谑（xuè）浪：戏谑玩笑。

④长夏：指夏日。因其白昼较长，故称。

⑤略逾寸晷（guǐ）：稍微过一小段时间。寸晷：即寸阴。晷，日影

⑥桃源：即陶渊明《桃花源记》中所描述的世外隐居之地。

⑦天台：即天台山，相传汉代刘晨、阮肇入此山采药遇仙。

睡又必先择地。地之善者有二：曰静，曰

凉。不静之地，止能睡目，不能睡耳，耳目两岐，岂安身之善策乎？不凉之地，止能睡魂，不能睡身，身魂不附，乃养生之至忌也。

至于可睡不可睡之人，则分别于"忙闲"二字。就常理而论之，则忙人宜睡，闲人可以不必睡。然使忙人假寐，止能睡眼，不能睡心，心不睡而眼睡，犹之未尝睡也。其最不受用者，在将觉未觉之一时，忽然想起某事未行，某人未见，皆万万不可已者，睡此一觉，未免失事妨时，想到此处，便觉魂趋梦绕，胆怯心惊，较之未睡之前，更加烦躁，此忙人之不宜睡也。闲则眼未阖而心先阖，心已开而眼未开；已睡较未睡为乐，已醒较未醒更乐，此闲人之宜睡也。然天地之间，能有几个闲人？必欲闲而始睡，是无可睡之时矣。有暂逸其心以妥梦魂之法：凡一日之中，急切当行之事，俱当于上半日告竣①，有未竣者，则分遣家人代之，使事事皆有着落，然后寻床觅枕以赴黑甜②，则与闲人无别矣。此言可睡之人也。而尤有吃紧一关未经道破者，则在莫行歹事。"半夜敲门不吃惊"，始可于日间睡觉，不则一闻剥啄③，即是逻倅④

到门矣。

注

①竣（jùn）：完成，结束。

②黑甜：梦乡。

③剥啄：象声词，此指敲门声。

④逻倅：也作"逻卒"，巡逻的士兵。

坐

从来善养生者，莫过于孔子。何以知之？知之于"寝不尸，居不容①"二语。使其好饰观瞻，务修边幅，时时求肖君子，处处欲为圣人，则其寝也，居也，不求尸而自尸，不求容而自容；则五官四体，不复有舒展之刻。岂有泥塑木雕其形，而能久长于世者哉？"不尸不容"四字，绘出一幅时②哉圣人，宜乎崇祀③千秋，而为风雅斯文之鼻祖也。吾人燕居④坐法，当以孔子为师，勿务端庄而必正襟危坐，勿同束缚而为胶柱难移。抱膝长吟，虽坐也，而不妨同于箕踞⑤；支颐丧我⑥，行乐也，而何必名为坐忘？但见面与身齐，久而不动者，其人必死。此图画真容之先兆也。

83

①"寝不尸"句：指睡觉时不要僵挺如尸，平日居
　家不需着意容饰。语出《论语·乡党》。

②时：适时，合于时宜。

③崇祀：崇拜奉祀。

④燕居：闲居。

⑤箕踞：随意张开两腿坐着，形似簸箕，是一种轻慢、
　不拘礼节的坐姿。

⑥丧我：忘我。

行

　　贵人之出，必乘车马。逸则逸矣，然于造
物赋形之义①，略欠周全。有足而不用，与无
足等耳，反不若安步当车之人，五官四体皆能
适用。此贫士骄人语。乘车策马，曳履搴②裳，
一般同是行人，止有动静之别。使乘车策马之
人能以步趋为乐，或经山水之胜，或逢花柳之妍，
或遇戴笠之贫交，或见负薪之高士，欣然止驭，
徒步为欢，有时安车而待步，有时安步以当车，
其能用足也，又胜贫士一筹矣。至于贫士骄人。
不在有足能行，而在缓急出门之可恃。事属可
缓，则以安步当车；如其急也，则以疾行当马。

有人亦出，无人亦出；结伴可行，无伴亦可行。不似富贵者候足于人，人或不来，则我不能即出，此则有足若无，大悖谬于造物赋形之义耳。兴言及此，行殊可乐！

①造物赋形之义：指人天生有足可用。

②搴（qiān）：通"褰"，揭起，撩起。

立

立分久暂，暂可无依，久当思傍。亭亭独立之事，但可偶一为之，旦旦如是，则筋骨皆悬，而脚跟如砥①，有血脉胶凝之患矣。或倚长松，或凭怪石，或靠危栏作轼②，或扶瘦竹为筇③；既作羲皇上人，又作画图中物，何乐如之！但不可以美人作柱，虑其础石太纤，而致栋梁皆仆也。

①砥：磨刀石。

②轼：古代设在车箱前供立乘者凭扶的横木。

③筇（qióng）：竹杖。

饮

宴集之事，其可贵者有五：饮量无论宽窄，贵在能好；饮伴无论多寡，贵在善谈；饮具无论丰啬，贵在可继；饮政无论宽猛，贵在可行；饮候无论短长，贵在能止。备此五贵，始可与言饮酒之乐；不则曲糵①宾朋，皆凿性斧身②之具也。予生平有五好，又有五不好，事则相反，乃其势又可并行而不悖。五好、五不好维何？不好酒而好客；不好食而好谈；不好为长夜之欢，而好与明月相随而不忍别；不好为苛刻之令，而好受罚者欲辩无辞；不好使酒骂坐之人，而好其于酒后尽露肝膈③。坐④此五好、五不好，是以饮量不胜蕉叶⑤，而日与酒人为徒。近日又增一种癖好、癖恶：癖好音乐，每听必至忘归；而又癖恶座客多言，与竹肉之音相乱。饮酒之乐，备于五贵、五好之中，此皆为宴集宾朋而设。若夫家庭小饮与燕闲独酌，其为乐也，全在天机逗露之中，形迹消忘之内。有饮宴之实事，无酬酢之虚文。睹儿女笑啼，认作班斓之舞⑥；听妻孥劝诫，若闻《金缕》⑦之歌。苟能作如是观，则虽谓朝朝岁旦，夜夜元宵可也。又何必座客常满，樽酒不空，日藉豪举以为乐哉？

注

①曲蘖：酒，此指以酒招待。

②凿性斧身：谓戕害身体性命。

③肝膈：指真性情或肺腑之言。

④坐：因为。

⑤蕉叶：浅底的酒杯。

⑥班斓之舞：指"二十四孝"当中的"老莱子彩衣娱亲"。班，通"斑"

⑦金缕：当指唐代乐府诗《金缕歌》。

谈

　　读书，最乐之事，而懒人常以为苦；清闲，最乐之事，而有人病其寂寞。就乐去苦，避寂寞而享安闲，莫若与高士盘桓①，文人讲论。何也？"与君一夕话，胜读十年书。"既受一夕之乐，又省十年之苦，便宜不亦多乎？"因过竹院逢僧话，又得浮生半日闲。"既得半日之闲，又免多时之寂，快乐可胜道乎？善养生者，不可不交有道之士；而有道之士，多有不善谈者。有道而善谈者，人生希觏②，是当时就日招③，以备开聋启聩之用者也。即云我能挥麈④，无假于人，亦须借朋侪⑤起发，岂能若西域之钟簴⑥，不叩自鸣者哉?

读经典 学养生

注

①盘桓：交往。

②觏（góu）：遇见；看见。

③时就日招：时时亲近，日日相招。指尽量多与交谈。

④麈（zhǔ）：即麈尾、拂尘，本为用以驱虫、掸尘的一种工具。古人清谈时必执麈尾，相沿成习，为名流雅器。

⑤侪（chái）：辈，类。

⑥簴（jù）：悬挂钟磬的立柱。

88

沐浴

盛暑之月，求乐事于黑甜之外，其惟沐浴乎？潮垢非此不除，浊污非此不净，炎蒸暑毒之气亦非此不解。此事非独宜于盛夏，自严冬避冷，不宜频浴外，凡遇春温秋爽，皆可借此为乐。而养生之家则往往忌之，谓其损耗元神也。吾谓沐浴既能损身，则雨露亦当损物，岂人与草木有二性乎？然沐浴损身之说，亦非无据而云然。予尝试之。试于初下浴盆时，以未经浇灌之身，忽遇澎湃奔腾之势，以热投冷，以湿犯燥，几类水攻。此一激也，实足以冲散元神，耗除精气。而我有法以处之：虑其太激，则势在尚缓；避其太热，则利于用温。解衣磅礴①之秋，先调水性，使之略带温和，由腹及胸，由胸及背，惟其温而缓也，则有水似乎无水，已浴同于未浴。俟与水性相习之后，始以热者投②之，频浴频投，频投频搅，使水乳交融而不觉，渐入佳境而莫知，然后纵横其势，反侧其身，逆灌顺浇，必至痛快其身而后已。此盆中取乐之法也。至于富室大家，扩盆为屋，注水于池者，冷则加薪，热则去火，自有以逸待劳之法，想无俟贫人置喙也。

①磅礴：箕坐，两腿张开坐着。
②投：此指加水进去。

听琴观棋

弈棋尽可消闲，似难借以行乐；弹琴实堪养性，未易执此求欢。以琴必正襟危坐而弹，棋必整椠横戈①以待。百骸尽放之时，何必再期整肃？万念俱忘之际，岂宜复较输赢？常有贵禄荣名付之一掷，而与人围棋赌胜，不肯以一着相饶者，是与让千乘之国，而争箪食豆羹②者何异哉？故喜弹不若喜听，善弈不如善观。人胜而我为之喜，人败而我不必为之忧，则是常居胜地也；人弹和缓之音而我为之吉，人弹噍③杀之音而我不必为之凶，则是长为吉人也。或观听之余，不无技痒，何妨偶一为之，但不寝食其中而莫之或出④，则为善则善弈者耳。

90

注

①整槊（shuò）横戈：比喻严阵以待的样子。槊，古代兵器，即长矛。

②箪（dān）食豆羹：一箪饭食，一豆羹汤，谓少量饮食。亦以喻小利。

③噭（jiāo）：声音急促。

④"但不"句：指但是不要吃饭睡觉都沉浸其中而无法自拔。

看花听鸟

花鸟二物，造物生之以媚人者也。既产娇花嫩蕊以代美人，又病其不能解语，复生群鸟以佐之。此段心机，竟与购觅红妆，习成歌舞，饮之食之，教之诲之以媚人者，同一周旋之至也。而世人不知，目为蠢然一物，常有奇花过目而莫之睹，鸣禽悦耳而莫之闻者。至其捐资所购之姬妾，色不及花之万一，声仅窃鸟之绪余①，然而睹貌即惊，闻歌辄喜，为其貌似花而声似鸟也。噫，贵似贱真，与叶公之好龙何异？予则不然。每值花柳争妍之日，飞鸣斗巧之时，必致谢洪钧②，归功造物，无饮不奠，有食必陈③，若善士信妪④之佞佛⑤者。夜则后花而眠，朝则先鸟而起，惟恐一声一色之偶遗也。及至莺老花残，辄怏怏如有所失。是我之一生，可谓不负花鸟；而花鸟得予，亦所称"一人知己，死可无恨"者乎！

注

①绪余：抽丝后留在蚕茧上的残丝。借指事物之残余或剩余者。

②洪钧：上天。

③"无饮"句：每次喝酒都要祭奠上天，每有美食就会陈列以供奉上天，表示对上天赐予花鸟的感谢。

④妪（yù）：老年妇女。

⑤佞佛：信佛。佞，迷信。

蓄养禽鱼

鸟之悦人以声者，画眉、鹦鹉二种。而鹦鹉之声价，高出画眉上，人多癖之，以其能作人言耳。予则大违是论，谓鹦鹉所长止在羽毛，其声则一无可取。鸟声之可听者，以其异于人声也。鸟声异于人声之可听者，以出于人者为人籁，出于鸟者为天籁也。使我欲听人言，则

92

盈耳皆是,何必假口笼中? 况最善说话之鹦鹉,其舌本之强[1],犹甚于不善说话之人,而所言者,又不过口头数语。是鹦鹉之见重于人,与人之所以重鹦鹉者,皆不可诠解之事。至于画眉之巧,以一口而代众舌,每效一种,无不酷似,而复纤婉过之,诚鸟中慧物也。予好与此物作缘,而独怪其易死。既善病而复招尤[2],非殁于已,即伤于物,总无三年不坏者。殆[3]亦多技多能所致欤?

注

①舌本之强(jiāng):即舌根僵硬。本,根。强,通"僵",僵硬,不灵活。

②招尤:招致他人的怪罪或怨恨。

③殆:大概。

鹤、鹿二种之当蓄,以其有仙风道骨也。然所耗不赀[1],而所居必广,无其资与地者,皆不能蓄。且种鱼养鹤,二事不可兼行,利此则害彼也。然鹤之善唳善舞,与鹿之难扰易驯,皆品之极高贵者,麟凤龟龙而外,不得不推二物居先矣。乃世人好此二物，又以分轻重于其间，二者不可得兼，必将舍鹿而求鹤矣。显贵之家，匪特深藏苑囿，近置衙斋②，即倩③人写真绘像，必以此物相随。予尝推原其故，皆自一人始之，赵清献公④是也。琴之与鹤，声价倍增，讵非贤相提携之力欤？

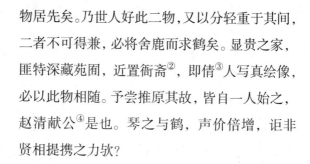

注

①赀（zī）：不可计数。

②衙斋：衙门里供职官燕居之处

③倩（qìng）：请。

④赵清献公：北宋名臣赵抃，字阅道，号知非子，谥号"清献"。赵抃在朝弹劾不避权势，时称"铁面御史"。平时以一琴一鹤自随。

读经典 学养生
闲情偶寄

XIAN
QING
OU
JI

颐养部

行乐第一

家常所蓄之物，鸡犬而外，又复有猫。鸡司晨，犬守夜，猫捕鼠，皆有功于人而自食其力者也。乃猫为主人所亲昵，每食与俱，尚有听其搴帷入室，伴寝随眠者。鸡栖于埘①，犬宿于外，居处饮食皆不及焉。而从来叙禽兽之功，谈治平之象者，则止言鸡犬而并不及猫。

亲之者是，则略之者非；亲之者非，则略之者是；不能不惑于二者之间矣。曰：有说焉。昵猫而贱鸡犬者，犹癖谐臣②媚子，以其不呼能来，闻叱不去；因其亲而亲之，非有可亲之道也。鸡犬二物，则以职业为心，一到司晨守夜之时，则各司其事，虽豢以美食，处以曲房③，使不即彼而就此，二物亦守死弗至；人之处此，亦因其远而远之，非有可远之道也。即其司晨守夜之功，与捕鼠之功亦有间焉。鸡之司晨，犬之守夜，忍饥寒而尽瘁，无所利而为之，纯公无私者也；猫之捕鼠，因去害而得食，有所利而为之，公私相半者也。清勤自处，不屑媚人者，远身之道；假公自为，密迩其君者，固宠之方。是三物之亲疏，皆自取之也。然以我司职业于人间，亦必效鸡犬之行，而以猫之举动为戒。噫，亲疏可言也，祸福不可言也。猫得自终其天年，而鸡犬之死，皆不免于刀锯鼎镬④之罚。观于三者之得失，而悟居官守职之难。其不冠进贤，而脱然于宦海浮沉之累者，幸也。

①埘（shí）：指在墙上凿的鸡窝。

②谐臣：宫中乐工。

③曲房：内室。

④鼎镬：鼎和镬，古代两种烹饪器。此处指为人所
烹食。

浇灌竹木

"筑成小圃近方塘，果易生成菜易长。抱
瓮太痴机太巧，从中酌取灌园方。①"此予山
居行乐之诗也。能以草木之生死为生死，始可
与言灌园之乐，不则一灌再灌之后，无不畏途
视之矣。殊不知草木欣欣向荣，非止耳目堪娱，
亦可为艺草植木之家，助祥光而生瑞气。不见
生财之地万物皆荣，退运之家群生不遂？气之
旺与不旺，皆于动植验之。若是，则汲水浇花，
与听信堪舆②、修门改向者无异也。不视为苦，
则乐在其中。督率家人灌溉，而以身任微勤，
节其劳逸，亦颐养性情之一助也。

注

① "抱瓮"句：《庄子·天地》载，孔子学生子贡，见一位老人一次又一次地抱着瓮去浇菜，就建议他用机械汲水。老人不愿意，并且说：这样做，为人就会有心机。后以"抱瓮灌园"喻安于拙陋的淳朴生活。

② 堪舆：即风水，指住宅或墓地的形势。亦指相宅相墓之法。

闲情偶寄

读经典 学养生

XIAN
QING
OU
JI

颐养部

止忧第二

颐养部

止忧第二

忧可忘乎？不可忘乎？曰：可忘者非忧，忧实不可忘也。然则忧之未忘，其何能乐？曰：忧不可忘而可止，止即所以忘之也。如人忧贫而劝之使忘，彼非不欲忘也，啼饥号寒者迫于内，课赋索逋①者攻于外，忧能忘乎？欲使贫者忘忧，必先使饥者忘啼，寒者忘号，征且索者忘其逋赋而后可，此必不得之数也。若是，则"忘忧"二字徒虚语耳。犹慰下第者②以来科必发，慰老而无嗣者以日后必生，迨③其不发不生，亦止听之而已，能归咎慰我者而责之使偿乎？

语云："临渊羡鱼，不如退而结网。"慰人忧贫者，必当授以生财之法；慰人下第者，必先予以必售之方；慰人老而无嗣者，当令蓄姬买妾，止妒息争，以为多男从出之地。若是，则为有裨之言，不负一番劝谕。止忧之法，亦若是也。忧之途径虽繁，总不出可备、难防之二种，姑为汗竹④，以代树萱⑤。

① 逋（bū）：指所欠赋税债物。

②下第者：科考落榜之人。

③迨：等到。

④汗竹：借指史籍、书册。

⑤树萱：种植萱草。萱草，俗名忘忧草。《诗经·卫风·伯兮》："焉得谖草，言树之背。"毛传："谖草，令人忘忧。" 陆德明《经典释文》："谖，本又作萱。"后以"树萱"为消忧之词。

止眼前可备之忧

拂意①之境，无人不有，但问其易处不易处，可防不可防。如易处而可防，则于未至之先，

读经典 学养生

闲情偶寄

XIAN
QING
OU
JI

颐养部

止忧第二

筹一计以待之。此计一得，即委其事于度外^②，不必再筹，再筹则惑我者至矣。贼攻于外而民扰于中，其可防乎？俟其既至，则以前画之策，取而予之，切勿自动声色。声色动于外，则气馁于中。此以静待动之法，易知亦易行也。

①拂意：不如意。
②"即委"句：就把所烦恼的事置之度外。

止身外不测之忧

不测之忧，其未发也，必先有兆。现乎蓍龟^①，动乎四体者，犹未必果验。其必验之兆，不在凶信之频来，而反在吉祥之事之太过。乐极悲生，否伏于泰^②，此一定不移之数也。命薄之人，有奇福，便有奇祸；即厚德载福之人，极祥之内，亦必酿出小灾。盖天道好还，不敢尽私其人，微示公道于一线耳。达者如此，无不思患预防，谓此非善境，乃造化必忌之数，而鬼神必瞷^③之秋也。萧墙之变^④，其在是乎？

止忧之法有五：一曰谦以省过，二曰勤以砺身，三曰俭以储费，四曰恕以息争，五曰宽以弥谤。率此而行，则忧之大者可小，小者可无；非循环之数，可以窃逃而幸免也。只因造物予夺之权，不肯为人所测识，料其如此，彼反未必如此，亦造物者颠倒英雄之惯技耳。

注

①蓍龟：蓍草和龟甲，古代的占卜用具。

②否(pǐ)伏于泰：坏运气隐藏在好运当中。否，卦名，坤下乾上，上下不通之象。泰，卦名，乾下坤上，为上下交通之象。

③睍(jiàn)：窥视；侦伺。

④萧墙之变：比喻内部发生祸乱。萧墙，屏风。

闲情偶寄

读经典　学养生

XIAN
QING
OU
JI

颐养部

调饮啜第三

颐养部

调饮啜 第三

　　《食物本草》一书，养生家必需之物。然翻阅一过，即当置之。若留匕①箸之旁，日备考核，宜食之物则食之，否则相戒勿用，吾恐所好非所食，所食非所好，曾晳睹羊枣而不得咽②，曹刿鄙肉食而偏与谋，则饮食之事亦太苦矣。尝有性不宜食而口偏嗜之，因惑《本草》之言，遂以疑虑致疾者。弓蛇③之为祟，岂仅在形似之间哉！食色，性也，欲藉饮食养生，则以不离乎性者近是。

①匕：古代取食的用具，曲柄浅斗，类似后代的羹匙。

②"曾晳"句：曾参、曾晳父子皆为孔子弟子，二人皆喜食羊枣（黑枣）。曾参死后，曾晳不忍再食羊枣。事见《孟子·尽心下》。

③弓蛇：即杯弓蛇影。

爱食者多食

生平爱食之物，即可养身，不必再查《本草》。春秋之时，并无《本草》，孔子性嗜姜，即不撤姜食，性嗜酱，即不得其酱不食①，皆随性之所好，非有考据而然。孔子于姜、酱二物，每食不离，未闻以多致疾。可见性好之物，多食不为祟也。但亦有调剂君臣之法，不可不知。"肉虽多，不使胜食气。"此即调剂君臣②之法。肉与食较，则食为君而肉为臣；姜、酱与肉较，则又肉为君而姜、酱为臣矣。虽有好不好之分，然君臣之位不可乱也。他物类是。

注

① 不得其酱不食：见《论语·乡党》。古人饮食讲究搭配合宜。

② 君臣：指主次。

怕食者少食

凡食一物而凝滞胸膛，不能克化者，即是病根，急宜消导。世间只有瞑眩之药①，岂有瞑眩之食乎？喜食之物，必无是患，强半皆所恶也。故性恶之物即当少食，不食更宜。

注

① 瞑眩之药：语出《书·说命上》："若药弗瞑眩，厥疾弗瘳。"后以"瞑眩之药"指服后反应强烈的药。

太饥勿饱

欲调饮食，先匀饥饱。大约饥至七分而得食，斯为酌中之度，先时则早，过候则迟。然七分之饥，亦当予以七分之饱，如田畴之水，务与禾苗相称，所需几何，则灌注几何，太多反能伤稼，此平时养生之火候也。有时迫于繁冗①，饥过七分而不得食，遂至九分十分者，是谓太饥。其为食也，宁失之少，勿犯于多。多则饥饱相搏②而脾气受伤，数月之调和，不敌一朝之紊乱矣。

注

① 繁冗：繁忙。
② 搏：击打、碰撞。

太饱勿饥

饥饱之度，不得过于七分是已。然又岂无饕餮①太甚，其腹果然②之时？是则失之太饱。其调饥之法，亦复如前，宁丰勿啬。若谓逾时不久，积食难消，以养鹰之法处之，故使饥肠欲绝，则似大熟之后，忽遇奇荒。贫民之饥可耐也，富民之饥不可耐也，疾病之生多由于此。从来善养生者，必不以身为戏。

读经典 学养生

闲情偶寄

XIAN
QING
OU
JI

颐养部

调饮啜第三

注

①饕（tāo）餮（tiè）：贪婪地吞食。
②果然：饱足的样子。

怒时哀时勿食

　　喜怒哀乐之始发，均非进食之时。然在喜乐犹可，在哀怒则必不可。怒时食物易下而难消，哀时食物难消亦难下，俱宜暂过一时，候其势之稍杀①。饮食无论迟早，总以入肠消化之时为度。早食而不消，不若迟食而即消。不消即为患，消则可免一餐之忧矣。

①稍杀：稍微减退。

倦时闷时勿食

　　倦时勿食，防瞌睡也。瞌睡则食停于中①，而不得下。烦闷时勿食，避恶心也。恶心则非特不下，而呕逆随之。食一物，务得一物之用。

得其用则受益，不得其用，岂止不受益而已哉！

①中：中医所谓中焦，胃里。

颐养部

节色欲第四

颐养部

节色欲第四

　　行乐之地，首数房中。而世人不善处之，往往启妒酿争，翻为祸人之具。即有善御者，又未免溺之过度，因以伤身，精耗血枯，命随之绝。是善处不善处，其为无益于人者一也。至于养生之家，又有近妮①、远色之二种，各持一见，水火其词。噫，天既生男，何复生女，使人远之不得，近之不得，功罪难予，竟作千古不决之疑案哉！予请为息争止谤，立一公评，则谓阴阳之不可相无，犹天地之不可使半也。天苟去地，非止无地，亦并无天。江河湖海之不存，则日月奚自而藏？雨露凭何而泄？人但知藏日月者地也，不知生日月者亦地也；人但知泄雨露者地也，不知生雨露者亦地也。地能藏天之精，泄天之液，而不为天之害，反为天之助者，其故何居？则以天能用地，而不为地所用耳。天使地晦，则地不敢不晦②；迨欲其明，则又不敢不明。水藏于地，而不假天之风，则波涛无据而起；土附于地，而不逢天之候，则草木何自而生？是天也者，用地之物也；犹男为一家之主，司出纳吐茹③之权者也。地也者，听天之物也；犹女备一人之用，执饮食寝处之劳者也。果若是，则房中之乐，何可一日无之？但顾其人之能用与否，我能用彼，则利莫大焉。参、苓、芪、术④皆死药也，以死药疗生人，犹以枯木接活树，求其气脉之贯，未易得也。黄婆⑤、姹女⑥皆活药也，以活药治活人，犹以雌鸡抱雄卵⑦，冀其血脉之通，不更易乎？凡借女色养身而反受其害者，皆是男为女用，反地为天者耳。倒持干戈，授人以柄，是被戮之人之过，与杀人者何尤？

读经典 学养生

闲情偶寄

XIAN
QING
OU
JI

颐养部

节色欲第四

注

①近姹（chà）：近女色。姹，少女，美女。

②晦：昏暗。

③茹：纳入。

④参、苓、芪、术（zhú）：人参、茯苓、黄芪、白术四味中药的简称。

⑤黄婆：道教炼丹的术语。认为脾内涎能养其他脏腑，所以叫黄婆。此处似指女子。

⑥姹女：道家炼丹，称水银为姹女，亦指少女，此处似指后者。

⑦雄卵：受精卵。

人问：执子之见，则老氏"不见可欲，使心不乱"之说，不几谬乎？予曰：正从此说参来，但为下一转语：不见可欲，使心不乱，常见可欲，亦能使心不乱。何也？人能摒绝嗜欲，使声色货利不至于前，则诱我者不至，我自不为人诱，苟非入山逃俗，能若是乎？使终日不见可欲而遇之一旦，其心之乱也，十倍于常见可欲之人。不如日在可欲之中，与此辈习处①，则是"司空见惯浑闲事"矣，心之不乱，不大异于不见可欲而忽见可欲之人哉？老子之学，避世无为之学也；笠翁之学，家居有事之学也。二说并存，则游于方之内外，无适不可。

①习处：熟悉相处。

节快乐过情之欲

乐中行乐，乐莫大焉。使男子至乐，而为妇人者尚有他事萦心，则其为乐也，可无过情之虑。使男妇并处极乐之境，其为地也，又无一人一物搅挫其欢，此危道也。决尽提防①之患，当刻刻虑之。然而但能行乐之人，即非能虑患之人；但能虑患之人，即是可以不必行乐之人。此论徒虚设耳。必须此等忧虑历过一遭，亲尝其苦，然后能行此乐。噫，求为三折肱之良医②，则囊中妙药存者鲜矣，不若早留余地之为善。

①决尽提防：即决堤。此处指纵欲的危险。
②三折肱之良医：古有"三折肱爲良醫"之语，即

节忧患伤情之欲

忧愁困苦之际，无事娱情，即念房中之乐。此非自好，时势迫之使然也。然忧中行乐，较之平时，其耗精损神也加倍。何也？体虽交而心不交，精未泄而气已泄。试强[1]愁人以欢笑，其欢笑之苦更甚于愁，则知忧中行乐之可已[2]。虽然，我能言之，不能行之，但较平时稍节则可耳。

注

①强：勉强，强迫。
②已：停止。

节饥饱方殷[1]之欲

饥、寒、醉、饱四时，皆非取乐之候。然使情不能禁，必欲遂之，则寒可为也，饥不可为也；醉可为也，饱不可为也。以寒之为苦在外，饥之为苦在中，醉有酒力之可凭，饱无轻身之足据。总之，交媾②者，战也，枵腹者不可使战；并处者，眠也，果腹者不可与眠。饥不在肠而饱不在腹，是为行乐之时矣。

①殷：盛大，程度深。

②交媾（gòu）：男女性交。

节劳苦初停之欲

劳极思逸，人之情也，而非所论于耽酒嗜色之人。世有喘息未定，即赴温柔乡者，是欲使五官百骸、精神气血，以及骨中之髓、肾内之精，无一不劳而后已。此杀身之道也。疾发之迟缓虽不可知，总无不胎①病于内者。节之之法有缓急二种：能缓者，必过一夕二夕；不能缓者，则酣眠一觉以代一夕，酣眠二觉以代二夕。惟睡可以息劳，饮食居处皆不若也。

①胎：肇始。

读经典 学养生

闲情偶寄

XIAN
QING
OU
JI

颐养部

节色欲第四

节新婚乍御之欲

新婚燕尔①，不必定在初娶，凡妇人未经御而乍御者，即是新婚。无论是妻是妾，是婢是妓，其为燕尔之情则一也。乐莫乐于新相知，但观此一夕之为欢，可抵寻常之数夕，即知此一夕之所耗，亦可抵寻常之数夕。能保此夕不受燕尔之伤，始可以道新婚之乐。不则开荒辟昧，既以身任奇劳，献媚要②功，又复躬承异瘁。终身不二色者，何难作背城一战；后宫多嬖侍③者，岂能为不败孤军？危哉！危哉！当筹所以善此矣。善此当用何法？曰："静之以心，虽曰燕尔新婚，只当行其故事。"说大人，则藐之"④，御新人，则旧之。仍以寻常女子相视，而不致大动其心。过此一夕二夕之后，反以新人视之，则可谓驾驭有方，而张弛合道者矣。

①燕尔：指新婚夫妇的欢爱。

②要（yāo）：求取。

③嬖（bì）侍：宠爱的侍妾。

④"说（shuì）大"句：意味向位高显贵的人进言，
要藐视他，不要把他的显赫地位和权势放在眼里。
语出《孟子·尽心下》。

节隆冬盛暑之欲

　　最宜节欲者隆冬，而最难节欲者亦是隆冬；
最忌行乐者盛暑，而最便行乐者又是盛暑。何
也？冬夜非人不暖，贴身惟恐不密，倚翠偎红
之际，欲念所由生也。三时苦于裌襦，九夏独
喜轻便，袒裼裸裎之时，春心所由荡也。当此
二时，劝人节欲，似乎人情，然反此即非保身
之道。节之为言，明有度也；有度则寒暑不为
灾，无度则温和亦致戾①。节之为言，示能守也；
能守则日与周旋而神旺，无守则略经点缀而魂
摇。由有度而驯至能守，由能守而驯至自然，
则无时不堪昵玉，有暇即可怜香。将鄙②是集

为可焚，而怪湖上笠翁之多事矣。

注

① 戾：违逆，此指有违养生之道。

② "将鄙"：将要鄙视这本文集，认为它可以烧掉了。

却病第五 颐养部

读经典 学养生
闲情偶寄

XIAN
QING
OU
JI

颐养部

却病第五

颐养部

却病第五

　　病之起也有因，病之伏也有在，绝其因而破其在，只在一字之"和"。俗云："家不和，被邻欺。"病有病魔，魔非善物，犹之穿窬①之盗，起讼构难之人也。我之家室有备，怨谤不生，则彼无所施其狡猾，一有可乘之隙，则环肆奸欺而祟我矣。然物必先朽而后虫生之，苟能固其根本，荣其枝叶，虫虽多，其奈树何？人身所当和者，有气血、脏腑、脾胃、筋骨之种种，使必逐节调和，则头绪纷然，顾此失彼，穷终日之力，不能防一隙之疏。防病而病生，反为

病魔窃笑耳。有务本之法，止在善和其心。心和则百体皆和。即有不和，心能居重驭轻，运筹帷幄，而治之以法矣。否则内之不宁，外将奚视？然而和心之法，则难言之。哀不至伤，乐不至淫，怒不至于欲触[2]，忧不至于欲绝。"略带三分拙，兼存一线痴；微聋与暂哑，均是寿身资。"此和心诀也。三复斯言，病其可却。

①穿窬（yú）：挖墙洞和爬墙头，指偷窃行为。
②触：以头撞物，形容怒极。

病未至而防之

　　病未至而防之者，病虽未作，而有可病之机与必病之势，先以药物投之，使其欲发不得，犹敌欲攻我，而我兵先之，预发制人者也。如偶以衣薄而致寒，略为食多而伤饱，寒起畏风之渐[1]，饱生悔食之心，此即病之机与势也。急饮散风之物而使之汗，随[2]投化积之剂而速之消。在病之自视如人事，机才动而势未成，原在可行可止之界，人或止介③，则竟止矣。较之戈矛已发，而兵行在途者，其势不大相径庭哉？

闲情偶寄　读经典学养生

XIAN QING OU JI

颐养部

却病第五

注

①渐：迹象、端倪。

②随：随即，即刻。

③介：隔离。

病将至而止之

　　病将至而止之者，病形将见而未见，病态欲支①而难支，与久疾乍愈之人同一意况。此时所患者切忌猜疑。猜疑者，问其是病与否也。一作两歧之念，则治之不力，转盼而疾成矣。即使非疾，我以是疾处之，寝食戒严，务作深沟高垒之计；刀圭毕备，时为出奇制胜之谋。以全副精神，料理②奸谋未遂之贼，使不得揭竿而起者，岂难行不得之数哉？

注

①支：抗拒。
②料理：整治。

病已至而退之

病已至而退之，其法维何？曰：止在一字之"静"。敌已至矣，恐怖何益？"剪灭此而后朝食"①，谁不欲为？无如不可猝得。宽则或可渐除，急则疾上又生疾矣。此际主持之力，不在卢医、扁鹊，而全在病人。何也？召疾使来者，我也，非医也。我由寒得，则当使之并力去寒；我自欲来，则当使之一心治欲。最不解者，病人延医，不肯自述病源，而只使医人按脉。药性易识，脉理难精，善用药者时有，能悉脉理而所言必中者，今世能有几人哉？徒使按脉定方，是以性命试医，而观其中用否也。所谓主持之力不在卢医②、扁鹊，而全在病人者，病人之心专一，则医人之心亦专一，病者二三其词，则医人什佰其径③，径愈宽则药愈杂，药愈杂则病愈繁矣。昔许胤宗④谓人曰："古之

120

上医，病与脉值⑤，惟用一物攻之。今人不谙⑥脉理，以情度病，多其药物以幸有功，譬之猎人，不知兔之所在，广络原野以冀其获，术亦疏矣。"此言多药无功，而未及其害。以予论之，药味多者不能愈疾，而反能害之。如一方十药，治风者有之，治食者有之，治劳伤虚损者亦有之。此合则彼离，彼顺则此逆，合者顺者即使相投，而离者逆者又复于中为祟矣。利害相攻，利卒⑦不能胜害，况其多离少合，有逆无顺者哉？故延医服药，危道也。不自为政，而听命于人，又危道中之危道也。慎而又慎，其庶几乎！

注

① "剪灭"句：先把敌人消灭掉再吃早饭。形容急于消灭敌人的心情和必胜的信心。语出《左传·成公二年》。

②卢医：春秋时名医扁鹊的别称。亦泛称良医。

③什佰其径：运用几十几百种治疗思路。

④许胤宗：一作引宗，隋唐间医学家，历任尚药奉御。无著述。下文引言见于《新唐书》。

⑤病与脉值：病证与脉象一致。值：相当，一致。

⑥谙：熟悉。

⑦卒：最后。

颐养部

疗病第六

"病不服药，如得中医。"①此八字金丹，救出世间几许危命！进此说于初得病时，未有不怪其迂者，必俟刀圭药石②无所不投，人力既穷，而沉疴如故，不得已而从事斯语，是可谓天人交迫，而使就"中医"者也。乃不攻不疗，反致霍然③，始信八字金丹，信乎非谬。以予论之，天地之间只有贪生怕死之人，并无起死回生之药。"药医不死病，佛度有缘人。"旨④哉斯言！不得以谚语目之矣。然病之不能废医，犹旱之不能废祷。明知雨泽在天，匪求

能致，然岂有晏然⑤坐视，听禾苗稼穑之焦枯者乎？自尽其心而已矣。予善病一生，老而勿药。百草尽经尝试，几作神农后身⑥，然于大黄解结⑦之外，未见有呼应极灵，若此物之随试验验者也。

注

① "病不"句：得病以后不看病吃药，任其自行痊愈，相当于得到医术一般的医生的治疗。

②刀圭药石：指针灸、汤药等各种治疗手段。

③霍然：指疾病迅速消除。

④旨：美好

⑤晏然：安定的样子。

⑥ "几作"句：几乎作了第二个神农氏。传说神农尝百草。

⑦大黄解结：用中药大黄来治疗便秘。

生平著书立言，无一不由杜撰，其于疗病之法亦然。每患一症，辄自考其致此之由，得其所由，然后治之以方，疗之以药。所谓方者，非方书所载之方，乃触景生情，就事论事之方也；所谓药者，非《本草》必载之药，乃随心所喜、信手拈来之药也。明知无本之言不可训世①，然不妨姑妄②言之，以备世人之妄听。凡阅是编者，理有可信则存之，事有可疑则阙之，不以文害辞，不以辞害志③，是所望于读笠翁之书者。

① 训世：教诲世人。

② 姑妄：暂且随意。

③ 以文害辞：拘于文字而误解整个语句的意义。

药笼应有之物，备载方书；凡天地间一切所有，如草木金石，昆虫鱼鸟，以及人身之便溺，牛马之溲渤①，无一或遗，是可谓两者至备之书，百代不刊②之典。今试以《本草》一书高悬国门，谓有能增一疗病之物，及正一药性之讹者，予以千金。吾知轩、岐③复出，卢、扁再生，亦惟有屏息而退，莫能觊觎者矣。然使不幸而遇笠翁，则千金必为所攫④。何也？药不执方，医无定格。同一病也，同一药也，尽有治彼不效，治此忽效者；彼是则此非，彼非则此是，必居一于此矣。又有病是此病，药非此药，万无可用之理，或被庸医误投，或为臧获⑤谬取，食之不死，反以回生者。迹是而观，则《本草》所载诸药性，不几大谬不然乎?

注

①牛马之溲渤：即"牛溲马勃"。溲渤，尿，小便。勃，通"渤"。语本韩愈《进学解》："玉札丹砂，赤箭青芝，牛溲马勃，败鼓之皮，俱收并蓄，待用无遗者，医师之良也。"

②不刊：不容更改。

③轩：轩辕氏，指黄帝。 岐：指岐伯，黄帝时大臣。

④攫：拿取。

⑤臧获：古代对奴婢的贱称。

更有奇于此者，常见有人病入膏肓，危在旦夕，药饵攻之不效，刀圭①试之不灵，忽于无心中瞥遇一事，猛见一物，其物并非药饵，其事绝异刀圭，或为喜乐而病消，或为惊慌而疾退。"救得命活，即是良医；医得病痊，便称良药。"由是观之，则此一物与此一事者，即为《本草》所遗，岂得谓之全备乎?虽然，彼所载者，物性之常；我所言者，事理之变。

125

读经典 学养生

闲情偶寄

XIAN
QING
OU
JI

颐养部

疗病第六

彼之所师者人，人言如是，彼言亦如是，求其不谬则幸矣；我之所师者心，心觉其然，口亦信其然，依傍于世何为乎？究竟予言似创，实非创也，原本于方书之一言："医者，意也。"以意为医，十验八九，但非其人不行。吾愿以拆字射覆③者改卜为医，庶几④此法可行，而不为一定不移之方书所误耳。

注

①刀圭：本为中药的量器名。亦指药物和医术。

②"医者"句：此提法最早出自《后汉书·郭玉传》："医之为言意也。"《旧唐书·许胤宗传》也载："医者意也，在人思虑"。后人常引用，大意强调在中医诊治的过程中要积极灵活地多方位思考，知常达变，出奇制胜。

③射覆：古时的一种猜物游戏，亦往往用以占卜。

④庶几：但愿。

本性酷好之药

一曰本性酷好之物，可以当药。凡人一生，必有偏嗜偏好之一物，如文王之嗜菖蒲菹①，曾皙之嗜羊枣，刘伶之嗜酒，卢仝之嗜茶，权长孺之嗜瓜，皆癖嗜也。癖之所在，性命与通，剧病得此，皆称良药。医士不明此理，必按《本草》而稽查药性，稍与症左②，即鸩毒视之。此异疾之不能遽瘳③也。予尝以身试之。庚午之岁，疫疠盛行，一门之内，无不呻吟，而惟予独甚。时当夏五，应荐杨梅，而予之嗜此，较前人之癖菖蒲、羊枣诸物，殆有甚焉，每食必过一斗。因讯妻孥曰："此果曾入市否？"妻孥知其既有而未敢遽进，使人密讯于医。医者曰："其性极热，适与症反。无论多食，即一二枚亦可丧命。"家人识其不可，而恐予固索，遂诡词以应，谓此时未得，越数日或可致之。讵④料予宅邻街，卖花售果之声时时达于户内，忽有大声疾呼而过予门者，知其为杨家果也。予始穷诘家人，彼以医士之言对。予曰："碌碌巫咸⑤，彼乌知此？急为购之！"及其既得，才一沁齿而满胸之郁结俱开，咽入腹中，则五脏皆和，四体尽适，不知前病为何物矣。家人睹此，知医言不验，亦听其食而不禁，病遂以此得痊。由是观之，无病不可医，无物不可当药。

读经典 学养生
闲情偶寄

XIAN
QING
OU
JI

颐养部

疗病第六

但须以渐尝试，由少而多，视其可进而进之，始不以身为孤注。又有因嗜此物，食之过多因而成疾者，又当别论。不得尽执以酒解酲⑥之说，遂其势而益之。然食之既厌而成疾者，一见此物，即避之如仇。不相忌而相能，即为对症之药可知已。

注

①菹（zū）：腌菜。

②左：相违、相反。

③遽（jù）：快速，马上。瘳（chōu）：病愈。

④讵（jù）：表反诘，岂。

⑤巫咸：上古巫医名。

⑥以酒解酲（chéng）：用酒来解酒醉。酲：酒醉后神志不清。

其人急需之药

二曰其人急需之物，可以当药。人无贵贱穷通，皆有激切所需之物。如穷人所需者财，富人所需者官，贵人所需者升擢，老人所需者寿，皆卒急欲致之物也。惟其需之甚急，故一投辄喜，喜即病痊。如人病入膏肓，匪医可救，则当疗之以此。力能致者致之，力不能致，不妨绐①之以术。家贫不能致者者，或向富人称贷，伪称亲友馈遗，安置床头，予以可喜，此救贫病之第一着也。未得官者，或急为纳粟，或谬称荐举；已得官者，或真谋铨补②，或假报量移。至于老人欲得之遐年，则出在星相巫医之口，予千予百，何足吝哉！是皆"即以其人之道，反治其人之身"者也。虽然，疗诸病易，疗贫病难。世人忧贫而致疾，疾而不可救药者，几与恒河沙比数。焉能假太仓③之粟，贷郭况④之金，是人皆予以可喜，而使之霍然尽愈哉？

注

①绐（dài）：欺诳。

②铨补：选补官职。

③太仓：古代京师储粮之仓。

④郭况：东汉光武帝郭皇后之弟，富贵无双，京师号况家为金穴。

闲情偶寄

读经典 学养生

XIAN
QING
OU
JI

颐养部

疗病第六

一心钟爱之药

　　三曰一心钟爱之人，可以当药。人心私爱，必有所钟。常有君不得之于臣，父不得之于子，而极疏极远极不足爱之人，反为精神所注，性命以之者，即是钟情之物也。或是娇妻美妾，或为狎客①娈童，或系至亲密友，思之弗得与得而弗亲，皆可以致疾。即使致疾之由，非关于此，一到疾痛无聊②之际，势必念及私爱之人。忽使相亲，如鱼得水，未有不耳清目明，精神陡健，若病魔之辞去者。

①狎客：陪伴权贵游乐的人，亦指嫖客。
②无聊：无可奈何。

　　此数类之中，惟色为甚，少年之疾，强半犯此。父母不知，谬听医士之言，以色为戒，不知色能害人，言其常也，情堪愈疾，处其变也。人为情死，而不以情药之，岂人为饥死，而仍戒令勿食，以成首阳之志①乎？凡有少年子女，情窦已开，未经婚嫁而至疾，疾而不能遽瘳者，惟此一物可以药之。即使病躯羸弱，难使相亲，但令往来其前，使知业^②为我有，亦可慰情思之大半。犹之得药弗食，但嗅其味，亦可内通腠理，外壮筋骨，同一例也。至若闺门以外之人，致之不难，处之更易。使近卧榻，相昵相亲，非招人与共，乃赎药使尝也。仁人孝子之养亲，严父慈母之爱子，俱不可不预蓄是方，以防其疾。

①首阳之志：武王伐纣，商末孤竹君的两个儿子伯夷、叔齐扣马谏阻。商灭后，他们耻食周粟，采薇而食，饿死于首阳山。

②业：已经。

一生未见之药

　　四曰一生未见之物，可以当药。欲得未得之物，是人皆有，如文士之于异书，武人之于宝剑，醉翁之于名酒，佳人之于美饰，是皆一往情深，不辞困顿，而欲与相俱者也。多方觅得而使之一见，又复艰难其势而后出之[1]，此驾驭病人之术也。然必既得而后留难之，许而不能卒与，是益其疾矣。所谓异书者，不必微言秘笈，搜藏破壁而后得之。凡属新编，未经目睹者，即是异书，如陈琳之檄[2]，枚乘之文[3]，皆前人已试之药也。须知奇文通神，鬼魅遇之，无有不辟者。而予所谓文人，亦不必定指才士，凡系识字之人，即可以书当药。传奇野史，最祛病魔，倩人读之，与诵咒辟邪无异也。他可类推，勿拘一辙。富人以珍宝为异物，贫家以罗绮为异物，猎山之民见海错而称奇，穴处之家入巢居而赞异。物无美恶，希觏为珍；妇少妍媸，乍亲必美。昔未睹而今始睹，一钱所购，足抵千金。如必俟希世之珍，是索此辈于枯鱼之肆矣[4]。

① "又复"句：大意是又告诉病人事情难办，几经周折以后才给他。

② 陈琳之檄：指东汉末年著名文学家陈琳为讨伐曹操所作的《为袁绍檄豫州文》。曹操当时正苦于头风，病发在床，读此檄文，惊出一身冷汗，翕

然而起，头风顿愈。

③枚乘之文：指汉代辞赋家枚乘的赋作《七发》。赋中假设楚太子有病，吴客前去探望，通过问答说理，时太子霍然而愈。

④"是索"句：指失救而亡。此处典出《庄子·外物》，庄子将邀西江之水以迎辙中之鲋鱼，鲋鱼忿然作色曰："吾得斗升之水然活耳，君乃言此，曾不如早索我于枯鱼之肆！"枯鱼之肆，指干鱼店。

平时契慕①之药

　　五曰平时契慕之人，可以当药。凡人有生平向往，未经谋面者，如其惠然肯来，以之当药，其为效也更捷。昔人传韩非书至秦，秦王见之曰："寡人得见此人与之游，死不恨矣！"汉武帝读相如②《子虚赋》而善之，曰："朕独不得与此人同时哉！"晋时宋纤有远操，沉静不与世交，隐居酒泉，不应辟命③。太守杨宣慕之，画其像于阁上，出入视之。是秦王之于韩非，武帝之于相如，杨宣之于宋纤，可谓心神毕射④，痼癖相求者矣。使当秦王、汉帝、杨宣卧疾之日，忽致三人于榻前，则其霍然起舞，执手为

133

欢，不知疾之所从去者，有不待事毕而知之矣。凡此皆言秉彝⑤至好出自中心，故能愉快若此。其因人赞美而随声附和者不与焉。

注

①契慕：爱慕。

②相如：司马相如。

③辟命：征召，任命做官。

④毕射：完全追求。射，目标所向，追求。

⑤秉彝：持执常道。

素常乐为之药

六曰素常乐为之事，可以当药。病人忌劳，理之常也。然有"乐此不疲"一说作转语，则劳之适以逸之，迹非拘士①所能知耳。予一生疗病，全用是方，无疾不试，无试不验，徒痈②浣肠之奇，不是过也。予生无他癖，惟好著书，忧藉以消，怒藉以释，牢骚不平之气藉以铲除。因思诸疾之萌蘖③，无不始于七情，我有治情理性之药，彼乌能祟我哉！故于伏枕呻吟之初，即作开卷第一义；能起能坐，则落毫端，不则但存腹稿。迨沉疴将起之日，即新编告竣之时。一生剞劂④，孰使为之？强半出造化小儿之手。此我辈文人之药，"止堪自怡悦，不堪持赠君"⑤者。而天下之人，莫不有乐为之一事，或耽诗癖酒，或慕乐嗜棋，听其欲为，莫加禁止，亦是调理病人之一法。总之，御疾之道，贵在能忘；切切在心，则我为疾用，而死生听之矣。知其力乏，而故授以事，非扰之使困，乃迫之使忘也。

注

①拘士：拘泥刻板之人。

②徙痈：一种江湖医术，传说能移去痈疽。

③萌蘖：萌发，开始。

④剞（jī）劂（jué）：指雕辞琢句。

⑤"止堪"句：出自陶弘景《诏问山中何所有赋诗以答》诗。意思是山中多白云，但只能自己体会其乐趣，无法赠与君主您。

生平痛恶之药

读经典 学养生

闲情偶寄

XIAN
QING
OU
JI

颐养部

疗病第六

七曰生平痛恶之物与切齿之人，忽而去之，亦可当药。人有偏好，即有偏恶。偏好者致之，既可已疾，岂偏恶者辟之使去，逐之使远，独不可当沉疴之《七发》乎？无病之人，目中不能容屑，去一可憎之物，如拔眼内之钉。病中睹此，其为累也更甚。故凡遇病人在床，必先计其所仇者何人，憎而欲去者何物，人之来也屏之，物之存也去之。或诈言所仇之人灾伤病故，暂快一时之心，以缓须臾①之死，须臾不死，或竟②不死也，亦未可知。刲股救亲③，未必能活；割仇家之肉以食亲，痼疾④未有不起者。仇家之肉，岂有异味可尝，而怪色奇形之可辨乎？暂欺以方，亦未尝不可。此则充类至义之尽⑤也。愈疾之法，岂必尽然，得其意而已矣。

注

①须臾：片刻。

②竟：最后，到底。

③刲（kuī）股救亲：割大腿肉以疗救双亲，古以为孝行。刲，割。股，大腿。亲，父母。

136

④痼（gù）疾：积久难治的病。
⑤充类至义之尽：用同类事物比照类推，把道理引
申到极点。语出《孟子·万章下》。

闲读经典
情学养生
偶寄

XIAN
QING
OU
JI

颐养部

疗病第六

以上诸药，创自笠翁，当呼为《笠翁本草》。
其余疗病之药及攻疾之方，效而可用者尽多。
但医士能言，方书可考，载之将不胜载。悉留
本等①之事，以归分内之人，俎不越庖，非言
其可废也。②总之，此一书者，事所应有，不得
不有；言所当无，不敢不无。"绝无仅有"之
号，则不敢居；"虽有若无"之名，亦不任受。
殆亦可存而不必尽废者也。

注

①本等：本分，恰合其身份地位。
②"悉留"句：把真正的医学方药之类的知识都留
给医生去写，这是他们的本分。而我这个外行就
不越俎代庖了，我不写这些，并不是说这些可以
废弃。

闲情偶寄